विकास वशिष्ठ

विकास वशिष्ठ पत्रकारिता और अनुवाद से जुड़े रहे हैं। विभिन्न अख़बारों और न्यू मीडिया में समसामयिक विषयों पर लिखते रहे हैं। 'स्माइली वाली लड़की' उनका पहला उपन्यास है। वनमाली कथा के नवलेखन विशेषांक में उनकी पहली कहानी प्रकाशित हुई है। संस्कृत में स्नातक के लिए स्वर्ण पदक और यूजीसी रैंक होल्डर्स फेलोशिप प्राप्त विकास ने संस्कृत और जनसंचार में स्नातकोत्तर किया है। भारतीय जनसंचार संस्थान के छात्र रहे विकास इन दिनों मुंबई में रहते हैं और लफ़्ज़ों के बीच के खाली स्थान में ज़िन्दगी ढूंढ़ते हैं।

स्माइली वाली लड़की

विकास वशिष्ठ

प्रथम संस्करण: 2023

ISBN: 979-8-88975-905-8

© विकास वशिष्ठ

मूल्य: ₹ 249/-

प्रकाशक: प्रतिबिम्ब, नोशन प्रेस का उपक्रम
संपर्क: नोशन प्रेस,
7, मांटिएथ रोड
एग्मोरे, चेन्नई, तमिलनाडु — 600008

Smiley wali Ladki
Novel by Vikas Vashisth

तुम्हारे लिए

जिन ख़ूबसूरत हाथों में यह किताब है

लिखना

ये पानी से ख़मोश-सा अफ़साना लिखने की एक कोशिश है। गुलज़ार साहब का ये गीत जब पहली बार सुना तो मन पर जादू-सा हो गया। फिर बहुत बार सुना। सुनता रहा। इस गीत के बोल मन पर गहरी छाप छोड़ते गए। हालांकि ये सच है कि पानी से अफ़साना गुलज़ार साहब ही लिख सकते हैं। और वो भी ख़ामोश-सा। फिर भी आप कहेंगे कि मैं ये कोशिश कैसे करने लगा? इसका जवाब ये है कि मैं यहाँ ये बताने जा रहा हूँ कि इस अफ़साने को लिखने की शुरुआत कैसे हुई और इसमें मैं इसकी पहली पंक्ति से ही पूरी ईमानदारी बरत रहा हूँ। ईमानदारी की बात यही है कि इस गाने को पहली बार सुनने के बाद घंटों इसके बोल मेरे मन में लूप में चलते रहे। फिर कुछ दिन ऐसे ही बीतते रहे। उन दिनों मैं मुंबई में रहता था, हालांकि आज भी मुंबई में रहता हूँ। इस कहानी के लिखे जाने के बीच कुछ समय के लिए दिल्ली भी रहा। मुंबई में अंधेरी में रहता था और रोज़ाना सुबह सी-लिंक से होकर गुज़रता था। दफ़्तर का रास्ता वही था। आज भी वही है। सी-लिंक ने मुंबई में जीवन बहुत आसान बनाया है।

इसके लिखे जाने की शुरुआत यहीं से हुई। सी-लिंक और इन अश'आर से रोज़ का वास्ता हो गया था। इस गाने तक पहुँचने की प्रक्रिया में एक स्माइली की बड़ी भूमिका थी। जब ये गाना एक स्माइली के साथ मुझ तक पहुँचा तो गाना और स्माइली दोनों मन की स्क्रीन पर अंकित हो गए। स्माइलियों ने कुछ और किया हो

या न किया हो, लेकिन लोगों को मुस्कुराते रहने की वजहें ज़रूर दी हैं। फिर इंसान चाहे किसी स्माइली का ग़लत मतलब निकाल कर ख़याली पुलाव पकाते हुए मुस्कुराए या फिर दाँत निपोरती स्माइलियों को देखकर। इस गाने को सुनकर कोई एक अफ़साना-सा लिखने की कोशिश करने लगा था। फिर उस अफ़साने को 'अनुराग' मिलता गया और लिखने की शुरुआत हो गई। इस किताब का बहुत सारा हिस्सा सी-लिंक से होते हुए घर से दफ़्तर तक की यात्राओं में बुना गया। मेरे कमरे की उस खिड़की से सटी कुर्सी-मेज़ पर बैठकर लिखा गया, जहाँ सुबह की धूप दस्तक देती है, घने पेड़ उसे रास्ता देते हैं, हवा बाँसुरी पर तान छेड़ती है, पेड़ों की डालियाँ उस पर झूमती हैं, पंछी उसे स्वर देते हैं, जहाँ गौरैया भी आती है और काग भी बोलते हैं। कुछ हिस्सा लोकल में और लोकल के प्लैटफॉर्म पर बैठकर लिखा गया। कुछ मरीन ड्राइव पर समंदर से पीठ करके तो कुछ समंदर से मुख़ातिब होकर। कुछ मॉकिंगबर्ड्स में और कुछ दिल्ली में रहते हुए।

इस कहानी के बनने की शुरुआत मेरे दफ़्तर के 21वें माले से होती है। 21वीं मंज़िल पर मेरे बैठने की जगह है। जहाँ बैठकर मुझे दिनभर पुरानी नीली फाइलों को देखकर काग़ज़ी कसरत करते हुए कंप्यूटर की फाइलों पर पुराना-सा नया रचना होता है और साथ में कुछ बिल्कुल नया भी। मेरी कुर्सी के ठीक सामने एक खिड़की है। खिड़की के इस पार मैं हूँ, एक लड़की है, कुछ लोग हैं, कामकाज है। उस पार कुछ ऊँची इमारते हैं। उनके ऊपर नीला आसमान है और नीचे नीले मोमजामे से ढकी छतों वाली झुग्गियां हैं। पीछे समंदर है। मैं अपनी कुर्सी पर बैठा अक्सर खिड़की के उस पार देखा करता था। उस खिड़की के पास बैठी लड़की को लगता था कि मैं उसे ताकता रहता हूँ। असल में, मैं न तो उसमें होता था और न उन ऊँची इमारतों में। मैं होता था, तो अपने एक

ख़याल के साथ। जो बार-बार उन ऊँची इमारतों से टकराकर वहीं गिर पड़ता था। मैं फिर उसे उठाता, उसके साथ यात्रा करता और अगले दिन वो फिर गिर जाता। इसी जद्दोजहद में मुस्कुराती रहती कुछ स्माइलियाँ।

इस कहानी को लिखते हुए मैं दोहरी भूमिकाओं में रहा। हम सब न जाने कितनी भूमिकाओं में रहते हैं। दोहरी, तिहरी, चौहरी। मैं दफ़्तर से निकलता तो इस कहानी के पात्रों का सहचर हो जाता और दफ़्तर में घुसता तो उनसे इतनी दूरी बना लेता कि वो समंदर के दूसरे छोर से खड़े मुझे देखा करते कि कोई इतना निर्मम कैसे हो सकता है। कोई कैसे एक झटके में साथ छोड़ सकता है। लेकिन छोड़ना पाने की प्रक्रिया का ज़रूरी हिस्सा है। मैं अपने आप को समझाता, अपने किरदारों को समझाता। मैं जिस तेज़ी से उनका साथ छोड़ता, उतनी ही तेज़ी से उनके साथ हो भी लेता। वे बहुत बार नाराज़ होते। बहुत मनाने पर भी साथ नहीं आते। संसदीय समिति के निरीक्षण काल और वार्षिक रिपोर्ट तैयार होने के दौरान तो उनकी नाराज़गी कई-कई दिनों तक रहती। मैं कई-कई दिन उनके इंतज़ार में बैठा रहता। या शायद वो भी मेरा इंतज़ार किया करते, यह कहा नहीं जा सकता। फिर तितली की तरह उड़ती आती कोई स्माइली। और जैसे पकड़ा जाती कोई सिरा। मैं उस सिरे को पकड़कर अपने किरदारों तक पहुँचता, उनसे बातें करता और लिखता जाता। शायद यही वजह रही कि इस कहानी को पूरा होने में करीब तीन-साढ़े तीन साल का वक़्त लग गया।

इस अफ़साने को लिखने की एक वजह ये भी रही कि मुझे स्माइलियों की भाषा बहुत रोचक जान पड़ी थी। यह इतनी हावी और प्रभावी हो चली थी, बल्कि हो चली है कि बड़े अख़बार की हेडलाइन तक में इसका इस्तेमाल होने लगा था। स्माइलियों की

भाषा में हेडलाइन और वो भी लीड की। अख़बार के लिए यह एक प्रयोग था। प्रयोग करना अख़बार का काम है और चिंता पाठक का। अख़बार अपने हर अनूठे प्रयोग को लेकर इठलाता है। और उससे भी ज़्यादा इठलाता है, उसका संपादक। इसे लिखने की शुरुआत उस दौर में हुई थी, जब शब्दों के सिक्कों का इस्तेमाल कम होने लगा था और इंसान के मन की विभिन्न मुद्राओं की स्माइलियां चल निकली थीं। मेरी एक चिंता यह भी थी कि इसके साथ हमारे शब्द, उनमें छुपे एहसास, एहसासों को ज़ाहिर करने के इंसानी तौर-तरीक़े, इंसान का अपना शब्दकोश, ये सब मर तो नहीं रहे हैं। मैं इसे दर्ज करने के बारे में सोचने लगा। तरीक़ा नहीं मिल रहा था। बस इसी क्रम में स्माइली वाली लड़की मिली, जिससे आप भी मिलेंगे, आगे के पन्नों पर।

शुक्राना

इस पूरी कहानी में 'अनुराग' की बड़ी अहम भूमिका है। अनुराग तो वैसे भी हर कथा का अभिन्न हिस्सा होता है। लिखने वाले का लिखे जा रहे से अनुराग। लिखे गए से अनुराग। लिखने से अनुराग। अपने किरदारों से अनुराग। उन किरदारों की बातों से अनुराग। लफ़्ज़ों से अनुराग। भाषा से अनुराग। जुस्तजू से अनुराग, आरज़ू से अनुराग। इसमें भी अनुराग है। माँ का अनुराग, मौसी का अनुराग। भाई-भाभी का अनुराग, दोस्तों का अनुराग। स्माइली से अनुराग। स्माइली वाली लड़की से अनुराग। 'वत्स' का 'अनुराग' और अनुराग शुक्ला का अनुराग।

यह सच है कि अनुराग वत्स ने मेरा हौसला न बढ़ाया होता, तो ये कहानी कभी मुकम्मल नहीं हो पाती। मैं उनका तहे दिल से शुक्रगुज़ार हूँ कि उन्होंने मुझसे ये कहानी लिखवा ली। मैं शुक्रगुज़ार हूँ, अनुराग शुक्ला का, जिन्होंने कहानी पर मुझसे घंटों बातें की और अपना अनमोल समय दिया। मैं शुक्रगुज़ार हूँ, अपनी पत्नी दीपिका का, जिन्होंने मुझे इसे लिखने के लिए अपने हिस्से का समय दिया। हौसला दिया। मैं शुक्रगुज़ार हूँ अपनी दोनों भतीजियों देवांशी और अपूर्वी का, जो समय-समय पर यह पूछते हुए मेरी ख़बर लेती रहीं कि "हाँ चाचू! आज कितना लिखा?" मैं शुक्रगुज़ार हूँ, अपने मित्र अनुज राज पाठक और सूरज मलासी का, जिन्होंने आधी रात को भी मेरी मनपसंद पंक्तियाँ सुनकर वाह-वाही से मुझे आगे लिखते रहने को उत्प्रेरित किया। मैं शुक्रगुज़ार हूँ, नीलेश

द्विवेदी का, जिन्होंने इसका पहला ड्राफ्ट पढ़ा। ठीक किया। मेरे बहानों को सहते हुए, मुझे लगातार इस पर काम करते रहने के लिए कहते रहे। मैं शुक्रगुज़ार हूँ, स्वरूप चक्रवर्ती का, जिन्होंने मुझे इसे लिखने का विचार आने से भी बहुत पहले समझाया था कि किसी भी कहानी में संवादों की क्या अहमियत होती है। मेरा शुक्रिया दीपक भाटिया को, जिन्होंने तारीफ़ों के पुल बांधे, उन पर मुझे दौड़ाया और कहा, "अरे तू दृश्य खींच देता है रे। लिख-लिख"। मेरा शुक्रिया नवेन्द वाजपेयी को, जिन्होंने मुझे लिखने के लिए प्रेरित किया, मेरी छुट्टियां मंज़ूर कीं:)। मेरा शुक्रिया तरुण शर्मा को, जिन्होंने मुझे प्रत्यक्ष और अप्रत्यक्ष दोनों तरीकों से प्रेरित किया, जिन्होंने मेरे कंधे पर हाथ रखकर मुझसे कहा कि "तुम करो, बेहतर कर सकते हो।" बहुत हौसला देता है, बड़ों का कंधे पर हाथ रखकर, थोड़ा-सा दबाकर कहना कि "तुम कर सकते हो", उनका पीठ थपथपा देना।

मैं शुक्रगुज़ार हूँ, "स्माइली वाली लड़की" का, जिसके बिना आज ये किताब आपके हाथों में नहीं होती। मैं शुक्रगुज़ार हूँ उस दोस्त का, जिसने इसके ऑनलाइन आ जाने पर अपनी पहली प्रतिक्रिया में कहा कि "ख़ुद को कीरत में और कीरत को ख़ुद में ढूँढ़ रही हूँ। चन्दन की बातों की गहराई में डूबती-उतराती हूँ। मैं बस यही सोच रही हूँ कि काश! मैं आपकी कहानी-सी बन जाती।" हम कहानी के किरदार से ख़ुद को तभी जोड़ पाते हैं, जब वो कहानी दिल को छू लेती है। कोई कहानी दिल को तभी छू पाती है, जब हम उसके किरदारों में अपने आप को देख पाते हैं। ज़ाहिर तौर पर, लिखे में अनुपस्थित किसी दृश्य को पढ़ते-पढ़ते उपस्थित होते देख पाना, पाठक की कला है। और पाठक सबसे बड़ा कलाकार है। इसके प्रिंट संस्करण में कई परिवर्तन हुए हैं, जो ऑनलाइन पढ़ चुके पाठकों को इसे हाथ में थामकर पढ़ते हुए महसूस होंगे।

अपने दिवंगत पिता के प्रति कृतज्ञता के बिना ये पूरा नहीं हो सकता। इस कहानी को लिखे जाते वक़्त हर घड़ी मुझे ये एहसास रहा कि पापा लगातार मेरे साथ हैं। मेरा हौसला बढ़ा रहे हैं। इस दौरान मैंने सपनों में उनसे बातें कीं। मैं जब भी कुछ नया करने की बात कहता था, वो सबसे पहले हौसला बढ़ाते थे और गर्व करते थे। ख़ुशी से सारे गाँव को बताते थे। मैं जानता हूँ पापा! आज आप इस किताब के आने पर भी गर्व कर रहे होंगे। आपके आशीर्वाद, आपके दिए संस्कारों, आपके बताए रास्ते पर चले बिना ये असंभव था।

अब किताब आपके हवाले। इस उम्मीद के साथ कि आपका अनुराग बना रहेगा।

विकास वशिष्ठ

कितनी ही कहानियाँ वॉट्सऐप में बनती हैं

और दफ़न हो जाती हैं

वॉट्सऐप कहानियों का भ्रूण हत्या केन्द्र है

धीमापन

मुंबई। एक शाम। किश्चित उदास। दिनभर का शोर समेटे। ख़ामोश। मरीन ड्राइव पर ढलती। दूर निर्जन छोर पर लुढ़कती। दिनभर के शोर को समंदर में छोड़ती। आगे बढ़ती। यहाँ हर शाम बहुत सारे लोग, बहुत कुछ छोड़ने आते हैं, तो बहुत लोग बहुत कुछ हासिल करने भी आते हैं। उस शाम चंदन भी कुछ छोड़ने, कुछ हासिल करने के मक़सद से यहां आया था। शाम के करीब 7 बजे थे। चंदन एनसीपीए से निकला। सड़क पार की और समंदर के साथ-साथ चलने लगा। किसी उधेड़बुन में। इसी उधेड़बुन में वह मरीन ड्राइव से टहलते हुए चर्चगेट पहुँचा था। उसने सात छत्तीस की बोरीवली स्लो पकड़ी। यों, चंदन और अन्धेरी से आगे, पर बोरीवली से पहले उतरने वाले चंदन जैसे हज़ारों-लाखों लोग प्रायः बोरीवली फ़ास्ट में ख़ुद को धकेला करते हैं। सबको तेज़ी से मंज़िल तक पहुँचने की जल्दी रहती है। जिन्हें ज़्यादा जल्दी रहती है, वे बहुत बार हादसे के शिकार भी हो जाते हैं। पर आज का दिन चंदन के लिए कुछ स्लो-सा था। सो उसने स्लो पकड़ ली। वैसे भी, फ़ास्ट का विकल्प दस मिनट की दूरी पर था और स्लो सामने से निकल रही थी। शायद इंसानी ज़ेहन की बुनावट कुछ ऐसी होती है कि वह कम से कम इंतज़ार करना चाहता है। जो छूट रहा होता है, उसे पकड़ लेने की जल्दबाज़ी में वह अक्सर सामने उपलब्ध विकल्प को चुन लेता है।

चंदन ने देश के सबसे तेज़ दौड़ते शहर में स्लो होना चुना था। शहर की तेज़ी के बीच ज़िन्दगी का ज़रा-सा धीमापन, शेयर बाज़ार की

तेज़ी के बीच आने वाले धीमेपन से अलग होता है। शेयर बाज़ार का धीमापन, सूचकांक को ऊपरी ट्रेंड लाइन को छूने से रोकता है। किन्तु, ज़िन्दगी में कभी-कभी थोड़ा-सा धीमापन, मन के सूचकांक को सम्वेदना के शिखर तक ले जाने में मदद करता है। चंदन कुछ इसी तरह के धीमेपन के साथ स्लो में बैठा और स्लो अपनी रफ़्तार पकड़ते हुए निकल पड़ी। चर्चगेट से निकली ट्रेन एक के बाद एक स्टेशन पर रुकती, उन्हें पार करती चली जा रही थी। उसने अपने बैग से एक पुरानी-सी किताब निकाली और पढ़ने लगा। लोकल में लोग तीन काम आसानी से करते हुए चल सकते हैं। एक, पढ़ना। दूसरा, फ़िल्म देखना। और तीसरा, लूडो खेलना। उस किताब के पन्नों में डूबे कब एक के बाद एक स्टेशन निकलता गया, उसे पता नहीं चला। फिर अचानक दिल ने जैसे कोई गंध-सी महसूस की। यूँ तो गंध को ग्रहण करना घ्राणेन्द्रियों का विषय है। किन्तु, जो ख़ुशबू धमनियों में जा बसी हो, वह हृदय से रक्त के साथ प्रवाहित होते हुए घ्राणेन्द्रियों तक पहुँचती है।

चंदन को जैसे कुछ महसूस हुआ। उसके दिल ने जैसे कहा उससे कि ये स्टेशन कुछ अपना-सा है। परिचित। देखा-भाला। जैसे इससे कोई नाता है। पुराना। उसे जैसे कोई आहट-सी हुई। जैसे कोई है। कोई खड़ा है। इंतज़ार में। मुस्कुराता हुआ। किताब के इकतालीसवें पन्ने में गड़ी नज़र को उसने उठाया। खिड़की से ज़रा-सा बाहर की ओर फेंका। लोकल में आज उसे सीट मिल गई थी। वो भी खिड़की वाली। उसे भी खिड़की वाली सीट बहुत पसन्द थी। दरअस्ल उसे खिड़कियाँ प्यारी लगती थीं। फिर चाहे वो लोकल की हों या घरों की। जब कभी वो दोनों साथ होते, चंदन तेज़ी से चढ़कर दो सीट घेर लेता और खिड़की वाली सीट उसे दे देता। वह उसे अपना तोहफ़ा मान लेती और

कभी किसी तोहफ़े की माँग न करती। मुंबई लोकल प्रेम में जो तोहफ़े देने सिखाती है, दिल्ली मेट्रो वाले प्रेमी शायद ही उन्हें कभी समझ पाएँ।

चंदन ने दौड़ती गाड़ी की खिड़की से नज़र फेंकी तो सीधे प्लैटफ़ॉर्म पर गिरी। पहली नज़र में उसे उन कदमों के निशां नज़र आने लगे। फिर प्लैटफ़ॉर्म के अन्तिम छोर से कुछ पहले और लेडीज़ फर्स्ट क्लास से कुछ आगे लगी वो बेंच दिखने लगी, जिस पर एक गर्म दोपहर को बैठी वो उसका इंतज़ार कर रही थी। उसने अपनी नज़र को प्लैटफ़ॉर्म पर ठीक वैसे दौड़ाया, जैसे उस दोपहर कॉमन फ़र्स्ट क्लास के लिए वो दोनों दौड़े थे। गाड़ी अभी रुकी नहीं थी। धीमी हो रही थी। रुकने से पहले सब कुछ धीमा होता है। सांसें भी, ज़िंदगी भी।

चंदन की नज़र लोहे के ज़ंग लग चुके, लेकिन पेंट की परत चढ़े उस खम्भे पर लगे गोल नामपट्ट पर जाकर टिक गई। गाड़ी रुक गई थी। यह वही स्टेशन था। लोअर परेल। मुंबई लोकल के कुछ स्टेशन चंदन के अन्तरतम में बस चुके थे। जोगेश्वरी, सांताक्रूज़, लोअर परेल और मीरा रोड ऐसे चार स्टेशन थे। चर्चगेट और अन्धेरी से उसे कभी वैसी मुहब्बत न हुई, जैसी इन चार स्टेशनों से रही। चारों स्टेशन उसकी ज़िन्दगी में ख़ास अहमियत रखते थे। चारों स्टेशनों से उसकी अन्यतम यादें जो जुड़ी थीं। जिस जगह से हमारी सबसे मीठी यादें जुड़ी हों, उन जगहों के ज़र्रे-ज़र्रे से हम जुड़े होते हैं। तभी तो रोडवेज़ में बैठकर सो जाने वाले लोग भी अपना बस स्टैंड आने से ठीक पहले अपने आप जाग जाते हैं। या कहिए कि आसपास की हवाएं, सड़कें, रेत, पत्थर उन्हें जगा देते हैं। वो मन ही मन कुछ सोचकर मुस्कुराया। किताब में बुकमार्क

लगाया और सोचते-मुस्कुराते खिड़की पर अपनी बाईं भुजा टिका, सिर को हाथ का सहारा देकर बैठ गया। यही वो पल था, जब वो भी चंदन के साथ बैठ गई थी। कीरत। कॉमन वाले फर्स्ट क्लास में। आगे का सफ़र उन दोनों ने तो नहीं, पर चंदन ने ज़रूर उसके साथ तय किया, क्योंकि वो तो लौट चुकी थी। अपने शहर भोपाल।

न भूतो न भविष्यति

कीरत। जलेबी जैसी सीधी। साँवला रंग। लम्बे बाल। कंधों के पास से स्प्रिंग के जैसे हल्के वलयों वाले। ज़रा से घुमावदार। पलकों के किवाड़ खुलते ही रोशनी बिखेरती बड़ी-सी बॉलनुमा आँखें। अपलक देख ले किसी को तो लट्टू-से जल जाएँ दिल में। आँखों ही आँखों में तमाम पैग़ाम पहुँचा देने का हुनर है जैसे उसके पास। हँसती भी है तो आँखों से। भौहें चढ़ाने और मुँह बिचकाने की सोलह कलाएँ जानती है वो। बातें ऐसे करती है, जैसे बड़ी झील के तल्ले से निकाल कर लाई हो। जल की शीतलता में भीगी। प्रेम की आँच में पगी। मुस्कुराती है तो ठीक वैसे, जैसे बड़ी झील का पानी सूर्य की पहली रश्मि पड़ने पर मुस्कुराता है। मुस्कुराहट चेहरे पर बैठी रहती है। मुस्कुराती है तो चेहरे पर चमक आ जाती है। ठीक वैसे, जैसे पूनम की रात जुहू तट की लहरें दमकती हैं, चाँदनी को अपने माथे पर बैठाकर। छोटी-छोटी बातों में ख़ुशियाँ ढूँढ़ लेती है। ज़िन्दगी को लेकर उसके अपने फ़लसफ़े हैं। फिर भी कहती है कि फ़लसफ़ों से ज़िन्दगी नहीं चला करती है। बावजूद इसके अपने फ़लसफ़े बनाती रहती है और उनके हिसाब से ज़िन्दगी की लय तय करती जाती है।

कैसा भी संकट आ खड़ा हो, हँसते-हँसते डटकर मुकाबला करती है। उदास कम होती है। लेकिन जब होती है, तो एकदम वैसी उदास प्रतीत होती है, जैसे जेठ की गर्म दुपहरियों में उसका शहर भोपाल। रोना उसे पसन्द नहीं है। यूँ रोती भी नहीं है। फिर भी

किसी वजह से अगर रुलाई फूट ही पड़े तो अपने भीतर रो लेती है। ऐसे कि बाहर किसी को पता न चले। हँसती रहती है, ताकि भीतर अगर रुलाई हो भी, तो उसे बाहरी हँसी से ढाँप सके। स्त्रियाँ सम्भवतः स्वभाव से ही ऐसी होती हैं। इसीलिए दुनिया ख़ुश है। यूँ रोना उस पर जँचता भी नहीं है। कभी दुखी होती है तो रोने के बजाय अपने आसपास ख़ुशियाँ तलाशने लगती है। कुछ अच्छा पढ़कर, देखकर या सुनकर ख़ुश हो जाती है। लोग कहते हैं, इस लड़की का सबसे शक्तिशाली पक्ष यह है कि जब तक जो काम करती है, उससे ख़ुश रहती है।

व्यक्ति के शक्तिशाली और कमज़ोर पक्ष उसकी योग्यताएं, रुझान और मिज़ाज तय करते हैं। काम केवल साधन या वाहन है, जीवन का उद्देश्य नहीं। जितनी जल्दी उद्देश्य तय हो जाएगा, काम का स्वरूप उतनी जल्दी तय हो जाएगा। काम के लिए अपनी मिट्टी, अपने गाँव, क़स्बे, घर से दूर आकर भी ख़ुश रहना अपने आप में एक कला है। वरना इस मुल्क के युवाओं की सबसे बड़ी समस्याओं में से एक यह है कि जो वे कर रहे हैं, वह करना नहीं चाहते, क्योंकि उसमें ख़ुश नहीं हैं। और जो करना चाहते हैं, वो कर नहीं पाते, इसलिए ख़ुश नहीं रह पाते। अपने गाँव-घर को छोड़कर किसी नौकरी या काम के सिलसिले में किसी दूसरे शहर में जा बसना, हमारे आज के समय का दूसरा सच है।

कीरत को भी उसकी नौकरी मुंबई ले आई थी। और चंदन को उसके हालात। कैसे, यह वह ख़ुद भी अभी समझने के क्रम में था। यह शहर अब उसके लिए उतना भी नया नहीं रह गया था। मुंबई महानगर। तेज़ी का दूसरा नाम। ये शहर जिस तेज़ी से नए लोगों को अपनाता है, ठीक उसी गति से कीरत ने भी इस शहर को अपना लिया था। वैसे भी शहर की गति से मन की गति को मिला

लेना, जीवन की गति को लयबद्ध रखता है। यह गति का चौथा और सर्वाइवल की आपाधापी में सद्गति का पहला नियम है। और फिर इसी शहर में उसे अपने अमेय का परिचित स्पर्श भी तो मिला था। एक परिचित स्पर्श कितने ही अपरिचित लम्हों, अनजान रास्तों, नए शहरों को अपना बना देता है। फिर इसी शहर में उसे मिला था एक अलग-सा, दीवाना-सा अपरिचित। चंदन। चंदन, जिससे परिचित होने में उसे बहुत ज़्यादा समय नहीं लगा था। और वह भी घर ढूँढ़ने के क्रम में। एक क़स्बे से निकली लड़की, महानगर होते हुए कैसे भोपाल पहुँच गई थी, यह एक दूसरी कहानी है।

यह कहानी संयोगों का योग है। जीवन भी तो संयोगों का दूसरा नाम है। अगर हम एक बार अपने-अपने जीवन में झाँककर देखें तो ऐसे न जाने कितने संयोग हमें दिखाई देने लगेंगे। संयोग अनवरत बनते रहते हैं। जैसे यह भी तो एक संयोग था कि कीरत और चंदन फ़ेसबुक के फ्लैटमेट ग्रुप के ज़रिए फ्लैट ढूँढ़ रहे थे। फ्लैटमेट ग्रुप अपनी जेब पर लगने वाली पहली चपत को बचाने का सुविधाजनक माध्यम है। एजेंट की जेब में जाने वाला एक महीने के भाड़े का भारी कमीशन जो बचता है। मुंबई जैसे शहर में बिना एजेंट के घर पा जाना भी अपने आप में किसी संयोग से कम नहीं है। और यह 'न भूतो न भविष्यति' वाला संयोग था कि कीरत और चंदन आमने-सामने के फ्लैट में शिफ़्ट हुए।

जीवन में बहुत बार 'न भूतो न भविष्यति' वाले संयोग बनते हैं और जीवन की दिशा बदल देते हैं। शादी-ब्याह से लेकर, नौकरी-चाकरी और मिलने-बिछुड़ने तक के वे सारे संयोग और वह सब कुछ जो जीवन में एक बार घटित हुआ हो, पर बाक़ी बची ज़िन्दगी पर उसकी छाप बनी रहे, इसी श्रेणी के संयोगों में रखे जा सकते हैं। कुछ संयोग सुखद होते हैं। और जो दुखद होता है, उसे मानव मन

संयोग न मानकर अनहोनी कह देता है। कीरत से मिलना, उसका सामने वाले फ्लैट में रहने लगना, उससे बातें शुरू होना और फिर बातें बढ़ते जाना, उसके जीवन का सुखद संयोग था। क्योंकि अरसा पहले मुस्कुराना भूल चुके चंदन को कीरत ने दोबारा ज़िन्दगी जीना सिखा दिया था। कीरत उसके लबों पर धीमे-धीमे मुस्कुराहट ला रही थी। और यह धीमापन चंदन को कीरत के क़रीब ले जा रहा था। धीमे-धीमे।

अपनापन

चंदन और कीरत दोनों पड़ोसी हो गए थे। उनके फ्लैट आमने-सामने थे। हालांकि दिल्ली-मुंबई की फ्लैट संस्कृति में पड़ोस को इन फ़्लैटों की दीवारों में चिनवा दिया गया है। अब वहाँ न पड़ोस बचा है, न पड़ोसी। बचा है तो पड़ोसी के फ्लैट का नम्बर और दरवाज़ा, जो हमेशा बंद रहता है। संयोग से अगर आमने-सामने या आजू-बाजू के दो फ्लैटों के दरवाज़े एक साथ खुल जाएं, तो भी उनके भीतर रहने वाले अपने आप को बाहर नहीं ला पाते। एक औपचारिक मुस्कान, ज़्यादा से ज़्यादा हाय-हेलो, ऑल वेल और दरवाज़ा बंद। घर का भी। दिल का भी। पड़ोसी की पहचान यहाँ फ्लैट नम्बर से होने लगी है। पड़ोस का स्थान बाजू वाले, सामने वाले या बगल वाले फ्लैट नम्बर ने ले लिया है। फ़ोन-बुक में नम्बर सेव होगा तो नाम के साथ फ्लैट नम्बर भी लगा होगा। गोया वो फ्लैट नम्बर उसका उपनाम हो। वैसे, फ़्लैटों में रहने वाली खिड़कियाँ इनकी एकमात्र ख़ूबी हैं। दीवारों में बनी ये खिड़कियाँ पड़ोस के लिए 'इन-हेलर' का काम करती हैं। बशर्ते कि खिड़कियाँ खुलती हों और पर्दे बगल में लटकते हों।

चंदन और कीरत के पड़ोस को भी जीवन खिड़की से मिला था। ये खिड़की चंदन के घर की बैठक में थी, जो कीरत के स्टडी रूम में खुलती थी। उनके बीच आज जो कुछ भी था, वह न होता, अगर ये बैठक न होती, वो स्टडी न होती, उसमें खिड़कियाँ न होतीं, ये खिड़कियाँ खुलती न होतीं। दोनों के बीच बातों का सिलसिला इसी

बैठक से शुरू हुआ था। उससे पहले केवल दरवाज़ों का खुलना और नज़रें मिलने पर मुस्कुराना भर होता था। यदा-कदा दोनों एक-दूजे को चाय ऑफ़र करते रहते थे। पर किसी ने किसी के घर बैठकर अभी तक चाय पीना मंज़ूर नहीं किया था। लेकिन आज संयोग से छुट्टी का दिन था। छुट्टी के दिन चंदन में एक अलग किस्म की ऊर्जा बहती रहती थी। आज हुआ यूँ कि सवेरे-सवेरे कीरत नर्सरी से कुछ पौधे लाई और अपनी स्टडी वाली खिड़की में टाँगने लगी। चंदन ने देखा तो हाथ से इशारा किया कि सुंदर लग रहे हैं पौधे। कीरत ने अपने होठों से मुस्कुराहट रेखा खींचकर, आँखों से शुक्रिया लिख दिया। चंदन ने भी अपनी आँखों से उसे सुन लिया और इशारे से चाय के लिए पूछा। कीरत ने पहले इशारे से मना किया, लेकिन चंदन ने अपने दाहिने हाथ की तर्जनी को छोड़कर सारी उंगलियां समेटकर अंगूठे और तर्जनी से आधा कप बनाया और आँखों से इसरार किया। इस इसरार पर कीरत इनकार नहीं कर पाई और पलकों को स्लो मोशन में बंद करके खोलते हुए, गर्दन को हल्का-सा ऊपर उठाकर, आगे की ओर निकालते हुए चंदन तक अपनी "हाँ" पहुंचा दी। चंदन मन के पतीले में, मधुर 'हाँ' के मीठे से चाय बनाने लगा। पांच मिनट बाद दरवाज़े की घंटी बजी। यह कीरत का प्रथम प्रवेश था। चंदन के घर में। मन में वह पहले ही प्रवेश कर चुकी थी। लेकिन आज चाय वाली दोस्ती हो गई थी।

कुछ दिन बीत जाने पर बातों में सहजता आ गई। एक रोज़ कीरत के घर में बैठे चंदन ने बात-बात में कहा, "इन घरों की एक बात मुझे बड़ी अच्छी लगती है।" उसने पूछा, "कौनसी बात?" उसने बताया, "इनकी बैठक अच्छी होती है यार। चाहे जितनी छोटी हो, बड़ी-सी खिड़की ज़रूर होती है। हर बैठक में। बैठक न भी हो, एक कमरे का घर हो तो भी उसमें खिड़की निकाल लेते हैं।"

कीरत ने अपनी बड़ी-सी आँखों को ज़रा-सा और बड़ा कर हैरानी जताते हुए कहा, "बैठक? बैठक कौन बोलता है यार? ड्रॉइंग होता है ये।"

चंदन ने मज़ाकिया लहज़े में कहा, "अच्छा! मैंने तो बहुत ड्रॉइंग रूम देखे हैं, लेकिन किसी में कोई ड्रॉइंग तो नहीं करता। तुम भी नहीं करती हो।"

वो बोली, "ये बहुत घटिया लॉजिक है।"

वो बोला, "मैं तो मज़ाक कर रहा था।"

वो बोली, "ये मज़ाक भी बहुत घटिया था। तुमको मज़ाक करना भी नहीं आता। नॉनसेन्स। हाँ नहीं तो...।"

चंदन जवाब में केवल मुस्कुरा दिया। दामोदर खड़से की बात याद कर। उसे ध्यान आया कि उन्होंने 'खिड़कियाँ' में ही लिखा है, "कुछ प्रश्न स्नेह के आदान-प्रदान में होते हैं। उनका उत्तर अपेक्षित नहीं होता। केवल मुस्कुरा देना भर काफ़ी होता है।" लेकिन कीरत कहाँ ऐसे मानने वाली थी। उसे तो जैसे हर बात की तह तक जाने की लत थी। उससे रहा नहीं गया। उसने फिर से कहा, "तुम अजीब आदमी हो यार। ड्रॉइंग को बैठक कह रहे हो। क्या होती है बैठक?" अबकी चंदन अपने गाँव से जाकर उसके लिए जवाब लेकर आया। बोला, "गाँव में होती है बैठक। आज भी। मेहमान या आगन्तुक को वहीं बैठाया जाता है।"

"मुंबई के अन्धेरी गाँव में बैठक" इंट्रेस्टिंग चंदन। वाऊ। वट ए रिफ्रेशिंग थॉट।" कीरत ने मज़ाक बनाया तो चंदन से भी रहा नहीं गया। वो भी हँसकर बोला, "अब देखो ना, मैं तुम्हारा मेहमान हूँ इसीलिए तुम मेरे साथ यहाँ बैठी हो। वरना तुम कौनसा यहाँ बैठी

रहती हो। पड़ी ही रहती हो ना, सच कहना? 'बैठने' की क्रिया पर 'पड़े रहने' की क्रिया हावी नहीं रहती यहाँ?" "कुछ भी..." कीरत ने कहा। "नहीं! कुछ भी नहीं है ये। सोचना ज़रा कि ये बैठक वैसे ही ड्रॉइंग रूम हो गई, जैसे रसोई किचन, खिड़की विंडो, चम्मच स्पून, पंखा फैन, किवाड़ डोर। और गिनाऊं?" चंदन की ये बात सुनकर अबकी बार कीरत मुस्कुरा दी।

इस एक बैठक से शुरू हुआ बातों का सिलसिला जल्द वॉट्सऐप पर जारी रहने लगा। दोनों हफ़्ते भर अपने-अपने दफ़्तरों में उलझे रहते। सवेरे जल्दी उठकर भागना। मालाड से निकलने वाली 8:13 की चर्चगेट फ़ास्ट पकड़ना। मरीन लाइन्स पर फ़र्स्ट क्लास से उतरकर आगे की ओर दौड़ते हुए सेकेंड क्लास में चढ़ना। फिर चर्चगेट पर उतरे नहीं कि बाहर की ओर भागना। टैक्सी के लिए लाइन में लगना। मुंबई के उमस भरे दिनों में चिपचिपाते पसीने को पोंछते हुए दफ़्तर की लिफ़्ट में चढ़ना और टाइम पर पंच मिलने पर साँस लेना। दिनभर की-बोर्ड पीटना, सबसे हँसकर-मुस्कुराकर बात करना। फ़र्ज़ी मुस्कान की परत चढ़ाए रखना। और रात को लौटकर घर आना। उधर कीरत तो ज़्यादातर नाइट शिफ्ट में रहती। बस दोनों की छुट्टी के दिन एक थे। शनिवार-इतवार। इसलिए पड़ोस में रहते हुए भी इन दो दिनों के अलावा दोनों को साथ का समय थोड़ा कम मिलता था। उसमें शनिवार का आधे से ज़्यादा दिन कीरत का सोते हुए निकल जाता।

छुट्टी के इन दोनों दिन कीरत भी चंदन की तरह अपने स्टडी रूम की खिड़की खुली रखने लगी। दोनों की खिड़कियों के बीच का रिक्त स्थान अब दोनों के वॉट्सऐप 'मैसेजों' और उनमें रहने वाली 'स्माइलियों' से भरा रहने लगा। जब कभी कोई दुखड़ा इस रिक्त स्थान में आने की कोशिश करता तो कीरत चंदन से कहती- "कुछ

अच्छा बोलो। दुखी हूँ।" चंदन न जाने कहाँ-कहाँ से ऐसी बातें उठा लाता कि कीरत को अपना दर्द कम हुआ-सा लगता। कभी वह कहता- "सुख-दुःख कुछ नहीं होता। हमारे मन का विकार है। सोचो तो सुख है, सोचो तो दुःख है।" या फिर इसी बात को स्वानंद भाई से पंक्तियाँ उधार लेकर कह देता- "जीवन क्या है? एक ख़याल ही तो है। दुःख भी विचार, सुख भी विचार। तुम सुख चुन लो तो क्या जाता है।" वह कहती, "सुख ही चुना था। पर दुःख साथ आता है। दोनों एक ही डोर से बँधे हैं।" चंदन फिर उसे याद दिलाता, "जब सुख-दुःख एक ही डोर से बँधे हैं तो तुम डोर को सुख वाले सिरे से पकड़ लो। दुःख अपने आप नीचे की ओर जाने लगेगा और फिसलकर गिर जाएगा।" बस इसी तरह की दो-चार बातों में वह ख़ुशी ढूँढ़ लेती।

हालांकि बाद में वह चंदन को मैसेज कर कहती, "तुम मुझे कोई सल्यूशन नहीं देते, फिर भी तुमसे बात करके अच्छा लगता है।" और चंदन को यह सुनना अच्छा लग जाता। वॉट्सऐप पर होने वाली बातों में चंदन को ऐसा आभास होता, जैसे वह कीरत को सुन रहा है। कभी-कभी जब दोनों अपनी-अपनी खिड़कियों से आमने-सामने होते तो ऐसी पंक्तियों की प्रतिक्रिया में वह बैठे-बैठे गर्दन को सीधे हाथ की ओर झुका देती और फिर चंदन की ओर नज़रें ऐसे घुमाती, जैसे सूरजमुखी। उठकर चलती तो आँखों से ऐसे मुस्कुराती, जैसे कोई नीड़ बना रही हो। अपनी मुस्कुराहट के लिए। किन्हीं एक जोड़ा आँखों में। कीरत को यह बात चंदन से मालूम चली थी कि वह आँखों से भी मुस्कुरा सकती है। बकौल चंदन तो कीरत मुस्कुराती ही आँखों से है। जब चंदन ने यह बात कीरत को बताई तो उसने चंदन की आँखों में आँखें डालकर कहा, "तुम लड़के बुरे नहीं हो। वरना लड़के कुत्ते होते हैं। हम लड़कियाँ आँखों से पहचान लेती हैं कि कौन लड़का किस तरह हमें देख

रहा है और किस तरह बातें कर रहा है। तुम्हारी बातों में जाने क्यों एक सच्चाई-सी जान पड़ती है चंदन। एक अपनापन-सा लगता है। लगता है, जैसे मैं तुम पर भरोसा कर सकती हूँ। मैं ही क्या, तुम किसी भी लड़की के लिए वैसे नहीं हो सकते हो, जैसे आम तौर पर लड़के होते हैं। कुत्ते।"

चंदन ने कहा, "गाली देने का मन था तो ऐसे ही दे लेती ना। ये लंबी-चौड़ी भूमिका बाँधने की क्या ज़रूरत थी?" चंदन ने इतना कहा और दोनों खिलखिलाकर हँस पड़े। "चलो फिर एक-एक चाय हो जाए", चंदन ने प्रस्ताव रखा। वैसे भी, चाय तो पड़ोस का अमृत होता है। और जिस पड़ोस में यह अमृत घुल जाए, फिर वे पड़ोसी घुल-मिलकर रहते हैं। लेकिन चाय का दिन तय हुआ इतवार। यह इनकी पहली 'टी-डेट' थी। यह भी संयोग था कि मुंबई महानगर में जहाँ प्रेमालाप के लिए प्रेमी युगलों के सामने एक अदद घर का संकट हमेशा बना रहता है, इनकी प्रेम कहानी की शुरुआत ही घर से हुई थी। नेटफ़्लिक्स पर तब तक 'लव पर स्क्वेयर फुट' आई नहीं थी। कालान्तर में दोनों ने यह फ़िल्म साथ-साथ बैठकर इसी घर में देख ली थी। दोनों एक ही लॉगिन शेयर करने लगे थे।

सम्भावनाओं वाली चाय

इतवार। यह सम्भावनाओं का दिन था। इतवार में सम्भावनाएँ थीं, सारे कामों को निपटा लेने की। ख़ुद के साथ वक़्त बिता पाने की। कीरत से मुलाक़ात की। बातों की। उसका साथ पाने की। इतवार को ही तो एक-एक चाय होती थी। चाय क्या होती थी, वो लम्हे होते थे, जिन्हें दोनों साथ बैठकर जीते थे। पर ये वाला इतवार कुछ फीका-सा होकर शाम में धसक गया। घड़ी घोड़ा बनी दौड़ रही थी। छह की ओर। सूरज ढलने को था, जो 37वें माले की खिड़की से चमकती कीरत की आँखों की सीध में आ गया था। सूरज नीचे उतर रहा था और गैस पर रखे पतीले में उबलती चाय ऊपर चढ़ रही थी। एक बिंदु पर आकर दोनों ठहर गए। सांझ के सूरज का रंग चाय में उतर आया। कीरत को लाल चाय पसन्द थी।

सम्भावनाएँ अब चाय के पतीले में उबाल खा रही थीं। यह शहद वाली चाय थी। महाराष्ट्र के सुदूर गाँव में कृत्रिम मधुमक्खीपालन से बने शहद वाली। चंदन सोच रहा था, सम्भवतः वह इन सम्भावनाओं का ही रंग था, जो सूरज पर गहरा गया था। वह इन सम्भावनाओं की मधुरता थी, जो हर उबाल के साथ बढ़ती उसके दिल में घुल रही थी। चंदन चाय में उबाल खाती इन सम्भावनाओं से बातें करने लगा। उसने पूछा, "क्या है तुम्हारा मक़ाम?" चाय में एक उबाल आया। सम्भावनाओं का जवाब आया, "हमारा मक़ाम हैं वो किसान, जिन्हें सरकारी-गैर सरकारी, लाभकारी-गैर लाभकारी संस्थाओं ने वंचित कह दिया है।" वह बोला, "तो ग़लत क्या है? ये वंचित ही तो

हैं। न तो मुख्यधारा में हैं और न 'पिछड़ों' में गिने जाते हैं, जिनके लिए कोई पाटीदार झंडा उठाए या सोशल प्रोपैगेंडा फैलाए।" चाय से आती महक ने कहा, "तुम भी वही भाषा बोल रहे हो जो शेष देश बोल रहा है।" वह बोला, "तो तुम ही बताओ कि जिसका धंधा देश में सबसे ज़्यादा रोज़गार देता हो, वह मुख्यधारा में क्यों नहीं है? जिसकी उपज पर कमोडिटी बनकर पूरा एक बाज़ार खड़ा हो, वही उस बाज़ार का हिस्सा क्यों नहीं हैं? वही उस बाज़ार की कड़ी से क्यों कटा हुआ है? कोई क्यों नहीं पूछता कि मोज़ाम्बिक से दालें आयात क्यों होंगी? कोई सवाल क्यों नहीं उठाता कि सरकार वहाँ किसानों का नेटवर्क खड़ा कर सकती है तो अपने ही देश में क्या आफ़त है? उन्हें उन्नत तकनीक पहुँचाई जा सकती है तो इन्हें क्यों नहीं?"

यह सब सुन सम्भावनाएँ सुबकने लगीं। सिसकियाँ कहने लगीं "ये वंचित हैं अपने उत्पाद के सही मोल से। अपनी मेहनत के सही दाम से। सही बाज़ार से। सही बिज़नेस मॉडल से। ये वंचित हैं बेहतर विकल्पों से। बेहतर अर्थनीति से। अच्छे संसाधनों से। शिक्षण-प्रशिक्षण से। गैर-लाभकारी के बैनर की आड़ में लाभ कमाने वाली इकाइयों से।"

सूरज ढल गया था। चाय उबल चुकी थी और हमेशा की तरह सिसकियाँ भी कुछ देर में बन्द हो गई थीं। वैसे भी सम्भावनाओं की प्रकृति मुस्कुराना है। उनमें सिसकियों को भी मुस्कुराहट में तब्दील कर देने की ताक़त होती है। छलनी से छनती महकती चाय प्याले में आते ही मुस्कुराने लगी और कीरत के होठों से जा लगी। मुस्कुराहट संक्रामक होती है। इसका संक्रमण तेज़ी से फैला। मुस्कुराहट कीरत के दिल में घुली मधुरता का पराग चुनते हुए उसके होठों पर आ बैठी। ठीक वैसे ही, जैसे उन कच्चे झोपड़ों

के नीचे चौकोर बक्सों में पल रही मुधमक्खियाँ, फूलों का पराग चुनती हैं और शहद बुनती हैं। वही शदह, जो इस चाय में घुलकर शाम को महका रहा है। उसके लबों पर बैठी अपनी सखी को देख सम्भावनाओं ने चंदन से कहा, "हम इस महक की हमजोली हैं। जब-जब कोई यूँ हमें होठों से लगाएगा सैकड़ों ज़िन्दगियाँ मुस्कुराएँगी। कीरत ने मुस्कुराते हुए कहा, "वाह उस्ताद! वाह! ये चाय कुछ अलग है।" अपने ख़यालों से लौटे चंदन ने शरारती अंदाज़ में कहा, "हाँ, क्योंकि ये शुद्ध, देसी, रोमांस वाली चाय है। सम्भावनाओं से भरी।" रोमांस जैसा शब्द दोनों के बीच पहली बार आया। लेकिन कीरत ने उसे रोमांच सुना और कहा, हाँ, "काफ़ी रोमांचक है। और मुस्कुरा दी।"

'शी' इज़ जस्ट लाइक 'ही'

कीरत और चंदन की ये टी-डेट हर इतवार को होने लगी। दोनों जुहू से लेकर सन बीच तक घूम आते, पर चाय घर में आकर पीते। चंदन की बैठक में लटके रहने वाले वाइट बोर्ड पर एक रोज़ कीरत ने लिख दिया था, 'ए लॉट मोर कैन हैपन ओवर ए टी'। और साथ में बना दी थी स्माइली- 'सेमी कोलन, कोष्ठक बन्द'। चंदन इस स्माइली के मायने निकालने बैठ गया। उसने सोचा, क्यों बनाई बनाने वाले ने ये स्माइलियां। बहुत कन्फ्यूज़न पैदा कर देती हैं। ए लॉट मोर कैन हैपन ओवर ए कॉफ़ी तो था। और जिस तरह इसकी मार्केटिंग की गई थी, उससे तो... नहीं-नहीं यार। ऐसा कैसे हो सकता है। ये तेरे दिमाग़ का केमिकल लोचा है। लेकिन केमिकल लोचा केवल चंदन के दिमाग़ में नहीं था। 50 फ़्लैटों की उस छोटी-सी सोसायटी में धीरे-धीरे दोनों कुछ लोगों के बीच चर्चा का विषय बनते जा रहे थे।

एक दिन कुछ शब्द कीरत के कानों में पड़े तो उसे एहसास हुआ जैसे उन लोगों की बातचीत का केंद्रीय बिंदु बनी संज्ञा 'शी' कोई और नहीं, बल्कि वह ख़ुद थी। जिस शाम कीरत के आगे यह भेद खुला, उसे जैसे सहसा एक बोध हुआ। उसकी वही मुस्कुराती आँखें अब देख रही थीं, ख़ुद पर उठतीं, टिकतीं और एक अजीब-सी हरकत करतीं कुछ जोड़ा आँखों को। अगले ही पल वह एक अतिरिक्त विनम्रता ओढ़कर चल रही थी। नज़रें झुकाकर। वह सोच रही थी, जब मैं गाँव में हँसती थी तो गाँव वाले मुझे फूहड़ और बेशर्म कहकर चुप करा देते थे। कॉलेज आई तो लड़कों ने मेरे हँसने के अलग-अलग अर्थ निकालने शुरू कर दिए। हँसी तो फँसी जैसी

फ़ब्तियां हम लड़कियों के लिए बनीं। मुंबई आई तो सोचा था कि ये तो महानगर है। यहाँ तो खुलापन होगा। लेकिन शहर के खुलेपन में दिमाग़ भी खुले हों, ये ज़रूरी नहीं। यहाँ तो कॉर्पोरेट में मेरी हँसी को 'इनडिसिप्लिन' कहकर वॉर्निंग भिजवा दी जाती है। (कॉर्पोरेट्स में अनुशासनहीनता कोई नहीं करता, वहाँ 'इनडिसिप्लिन' होता है और चेतावनी नहीं दी जाती 'वॉर्न' किया जाता है।) वह सोच रही थी, मेरा हँसना-मुस्कुराना, उठना-बैठना, बातें करना, सब कुछ इस 'ही' क्लास के बीच 'गॉसिप' का विषय बन रहा था।

चंदन अभी लौटा ही था कि घर की घंटी बजी। उसने दरवाज़ा खोला। कीरत को देखा। कीरत बिना कुछ कहे अंदर दाख़िल हुई। उसने कीरत को कुछ परेशान-सा पाया। पूछा, "क्या बात है? कुछ परेशान-सी दिख रही हो।" कीरत ने कोई जवाब नहीं दिया। अपना फ़ोन सामने डली मेज़ पर फेंका और सोफ़े पर ख़ुद को पटकते हुए उद्वेलित-सी होकर बोली, "कैसे लोग हो यार तुम।" चंदन को कुछ समझ नहीं आया। उसने यह बात कीरत को आँखों से समझाने की कोशिश भी की। लेकिन कीरत कहाँ कुछ सुनने वाली थी। उद्वेलित मन सुनता नहीं है, सुनाना चाहता है। वह कुछ बोलता इससे पहले कीरत झुंझलाते हुए कहने लगी, "कल की ही बात है यार। मैं स्कर्ट पहनकर ऑफ़िस चली गई तो एक आदमी मुझसे कहता है, ये क्या पहन लिया तुमने।" जी में तो आया कि पूछ लूँ कभी देखा नहीं किसी को स्कर्ट में। मतलब अब मुझे वो बताएगा कि मुझे क्या पहनना है और क्या नहीं? और मैं ही क्यों, ऑफिस के वॉट्सऐप ग्रुप में हम लड़कियों के कपड़ों के लिए क्या हिदायतें दी जाती हैं कि टाइट्स न पहनें। अरे क्यों न पहनें? तुम्हारी नज़र हमारे कपड़ों पर ही रहती है क्या? हमारे टाइट पहनने से तुम्हारा क्यों ढीला हो जाता है भई। ये किसी फ़तवे से कम है क्या? बनते हैं इंटरनैशनल ब्रैंड। इंटरनैशनल माय फ़ुट।"

कीरत बिना रुके कहती चली जा रही थी। चंदन उसके मन में उठ रहे तूफ़ान को भाँप चुका था। वो पूछना तो बहुत कुछ चाहता था, लेकिन उसने फिलहाल चुप रहने में अपनी भलाई समझी और चुपचाप उसके सामने वाली कुर्सी पर बैठा उसकी बातें सुनता रहा। वो बोली, "इधर, सोसायटी में लोग कुछ भी बातें बनाते हैं। मैंने अपने कानों से सुना है। किसी का सुना-सुनाया नहीं कह रही हूँ। और बातें बनाने वाले तुम ही लोग हो। आदमी लोग। उफ़्फ़! सोचकर भी कितना ख़राब लग रहा है।" चंदन उसे शान्त करने की कोशिश में समझाने लगा, "सारे लोग ऐसे नहीं होते यार।" लेकिन कीरत कहाँ शान्त होने वाली थी। उसके अपने अनुभव रहे हैं। वह बोली, "अरे जाने दो यार तुम। देख लिया। ये 'ही' क्लास है ही ऐसा। घटिया। 'शी' क्लास को कपड़े भी अपनी सहूलियत से पहनाना चाहता है। और ये हर जगह मिलता है। हर गली, मोहल्ले, गाँव, मेट्रोपोलिटन से लेकर कॉस्मोपोलिटन कहलाने वाले शहरों के 'सो कॉल्ड एडवांस' और 'ओपन' कॉर्पोरिट्स तक में। नो वन वॉन्ट्स टू अंडरस्टैंड, वट डज़ शी वॉन्ट।"

वो कहकर चुप हुई तो इस लम्हे की चुप्पी का फ़ायदा उठाते हुए चंदन ने एकदम शान्त स्वर में पूछा, "एंड वट डज़ शी वॉन्ट?" जितनी शान्ति से चंदन ने यह सवाल किया, उतनी ही अशान्त होकर कीरत चिल्लाते हुए बोली, "अरे वो सिर्फ़ वो रहना चाहती है, जो वो है।" चंदन को उसे शान्त करने की कोई तरकीब नहीं सूझी तो उसने कीरत के होठों पर अपनी तर्जनी टिका दी और हौले से कहा, "और जब वो सिर्फ़ वो होती है, तो खोजती हैं उसकी निगाहें, आँखों का एक घरौंदा, जिसकी पलकों तले बैठाकर अपनी चंचल मुस्कान को, बेफ़िक्र सी हो, वो कर सके हर काम।" यह उसके होठों पर चंदन का पहला स्पर्श था। वह चंदन को थोड़ी शान्त-सी दिखी। चंदन ने समझा कि या तो उसकी बात काम कर गई है या फिर उसका स्पर्श। यही सोचकर उसने पूछा, "कुछ खाओगी?"

कीरत कुछ नहीं बोली। जस की तस बैठी रही। बैठे-बैठे उसकी आँखों में जैसे ख़ून उतर आया था। वह कहाँ जानता था कि जब स्त्री मन में अपने अस्तित्व को लेकर तूफ़ान उठता है, तो वह इतनी आसानी से शान्त नहीं होता। उसने फिर पूछा। अबकी बार कीरत ने गुस्से में जवाब दिया, "खाना बना लिया है मैंने। जा रही हूँ। ये वीक मुझे 12 वाली शिफ्ट करनी है।" और उसी आवेश में वहाँ से निकल गई। लेकिन अनलिमिटेड फ्री डेटा के इस दौर में कोई कहीं भी जाए, रहता बस एक पिंग भर की दूरी पर है।

चंदन ने कीरत को पिंग किया और पूछा- "हू इज़ शी?"

"शी इज़ जस्ट लाइक ही।" कीरत ने लिखा।

"बट ही डज़न्ट एक्सेप्ट हर एक्ज़िस्टैंस जस्ट लाइक हिमसेल्फ़।" चंदन ने बात काटी।

"हाँ! सही कह रहे हो। बट थिंग्स आर चेंजिंग। द वर्ल्ड हैज़ चेंज्ड ए लॉट।" कीरत ने कहा।

"हाँ, चीज़ें बदल तो रही हैं। दुनिया भी काफ़ी बदल गई है। नारीशक्ति का बोलबाला है। देखो महिला दिवस आता है तो सब महिला सशक्तिकरण सिद्ध करने में लग जाते हैं। मानो गणित की कोई प्रमेय हो नारी और सिद्ध करनी हो इसकी शक्ति।" चंदन ने जवाब में लिखा।

"वीमेन्स डे सेलिब्रेट करते हैं, उसकी शक्ति के लिए नहीं। उसके सेंचुरीज़ ऑफ़ स्ट्रगल टूवॉर्ड्स इक्वैलिटी कमेमरेट करने के लिए। मेरे लिए इसके यही मायने हैं। और अगर नहीं होता यह दिन, तो बताओ कैसे सेलिब्रेट करते उसकी ग्रोथ को?" पलटकर कीरत ने लिखा। साथ में दाँत दिखाती एक स्माइली भी भेज दी।

"अन्धेरी स्टेशन वाले पुल से गुज़रते हुए रोज़ाना देखता हूँ तुम्हारी ग्रोथ को झाड़ू का तकिया बने हुए। आते-जाते लोग झीनी साड़ी से ढकी स्त्री देह को ऐसे देखते हैं, जैसे कभी किसी महिला को सोते न देखा हो। यहीं दम तोड़ता दिखता है सारा सशक्तिकरण। इस पुल के सामने की दीवार पर उकेरे गए अब्दुल कलाम भी देखते रहते हैं इस ग्रोथ को खुली आँखों से। जहाँ बैठे वे रट लगाए हैं- सपने वे नहीं होते जो हम सोते हुए देखते जाते हैं। सपने वे होते हैं जो हमें सोने नहीं देते", चंदन ने लिखा।

"इसका वीमेन एम्पारमेंट से कोई लेना-देना नहीं है। ये डेवलपमेंट का इश्यू है।" कीरत ने लिखा।

हर विषय पर कीरत के अपने विचार थे, जो कहीं से आयातित नहीं थे। वह कई सारे मुद्दों को लेकर कहा करती थी, मेरे लिए इसके यही मायने हैं।

"तो तुम्हारा क्या मानना है, समाज का नज़रिया महिलाओं के प्रति वाकई बदल गया है? अब घर में, दफ़्तर में, बाहर, हर जगह उसे समुचित सम्मान मिल पाता है? उनके उठने-बैठने, हँसने-चलने, कपड़े पहनने पर कोई टिप्पणी नहीं होती? क्या फ़ेसबुक, ट्विटर और इंस्टाग्राम पर कुछ ख़ास किस्म की तस्वीरें कुछ ख़ास हैशटैग्स के साथ पोस्ट कर देना ही महिला सशक्तिकरण है?" चंदन ने लिखा।

"ये ओपननेस है। सोसायटी में इतना खुलापन ज़रूरी है। और अगर ये खुलापन वाया सोशल मीडिया आ रहा है तो ये अच्छा है। और रही बात कपड़ों की, तो वी डोन्ट केअर। तुम्हें कोई ऑब्जेक्शन है?"

"नहीं। मुझे कोई आपत्ति नहीं है। मुझे आपत्ति इन पर टिप्पणियाँ करने वाले, फब्तियाँ कसने वाले लोगों से है।"

"जब लोगों की परवाह मैं नहीं करती तो तुम क्यों करते हो।"

"क्योंकि मुझसे सुना नहीं जाता।"

"नहीं सुना जाता तो बोलने वाले को उसी वक़्त सुना क्यों नहीं देते।"

"हाँ, बात तुम्हारी ठीक है। लेकिन..."

"लेकिन क्या। बोलो कि तुम्हारे अन्दर दम नहीं है।"

"हाँ! नहीं है दम मुझमें। बहुत बार दम भरता हूँ। लेकिन मेरा दम हर बार तब दम तोड़ देता है, जब मुझे याद आ जाता है 'कसप' के शास्त्री जी के घर का दृश्य। जब वो देखते हैं अपनी बेटी को, हमउम्र लड़कियों और बच्चों के साथ फ़र्श पर बिछे गद्दों पर लोट मारकर सोते हुए। वो बाँह का तकिया बनाकर बायीं करवट लेटी हुई है, अपनी टाँगों को पेट में सिकोड़कर, जैसे कोई गर्भस्थ शिशु। शास्त्री जी दुविधा में हैं। सोच रहे हैं, बच्ची को कैसे कहा जाता है कि तू अब केवल स्त्री है। और अगर कह दिया जाता है ऐसा, तो फिर यह कैसे कहा जाता है कि यही वयस्कता तेरी स्वतंत्रता का हनन करती है। आज भी हर घर का यही दृश्य है।"

जवाब में कीरत ने भेजे हैं सिर्फ़ दो सिंबल। कोलन, खड़ी पाई। चंदन ने खोला है फ़ेसबुक, टाइप किए हैं यही दो सिंबल और देखा एक सपाट चेहरा, जैसे कुछ समझने की कोशिश में हो और समझ न आ रहा हो। कीरत ने लिखा, "तुम्हें समझ नहीं आया होगा। ये कन्फ़्यूज़्ड का सिंबल है" और वह सब समझ गया।

खिड़कियाँ

मार्च का महीना था। जाता हुआ। शायद आख़िरी सप्ताह की कोई तारीख़ थी। साल जो भी था, उससे ज़्यादा फ़र्क नहीं पड़ता। क्योंकि मार्च का मौसम हर साल एक जैसा रहता है। उतरता फरवरी, चढ़ता मार्च और अक्टूबर, कीरत के सबसे पसन्दीदा महीने थे। लेकिन यह जाते हुए मार्च की कोई जाती हुई रात थी। एकदम शीतल। कमरे की खिड़की खुली हुई थी। हवा में ठंडक थी। और मधुरता भी। ऐसी जैसे, उस्ताद अमजद अली खाँ का सरोद राग मालकौंस गा रहा हो। कीरत खिड़की पर आ खड़ी हुई। उसने आसपास नज़र घुमाई। देखा कि तमाम खिड़कियाँ खुली हैं।

खिड़कियाँ, जिनसे बाहर झाँकती है, सपनों की भोर। और बाहर से भीतर की ओर, सपनों का शोर। खिड़कियाँ, जो बारिश की नमी में लिपटे दिन, तो कभी धूप में सूखती दोपहरें, तो कभी चाँदनी में भीगी रातें कमरे में लाती हैं। खिड़कियाँ, जो खुल जाएँ तो बाहर का सारा बाहर, और भीतर का सारा ख़ालीपन बाहर हो जाए। कीरत ने सोचा कि बीते हुए कल को बिसरा दिया जाए। इसी गरज़ से उसने चंदन को लिखा, "कितनी अच्छी हवा चल रही है ना।"

चंदन तो जैसे उसके मैसेज के इंतज़ार में बैठा था। उसने मैसेज पढ़ा। थोड़ी देर रुका। फिर लिखा, "हाँ। बहुत प्यारी।" ब्लू टिक हो गया। पर कोई जवाब नहीं आया। चंदन ने बात आगे बढ़ाई और लिखा, "एक बात बताऊँ?"

"हाँ बताओ ना, ये भी कोई पूछने की बात है।" कीरत भी जैसे इसी बात का इंतज़ार कर रही थी कि चंदन कुछ कहे।

चंदन बताने लगा, "बचपन में हम गाँव में रहते थे। गाँव वाले घर में एक चौबारा होता था। चौबारा समझती हो ना?", चंदन ने ऐसे पूछा, जैसे कीरत को गाँव-गुवाड़ के बारे में कुछ न मालूम हो।

कीरत ने जवाब में लिखा, "आजकल विला टाइप घरों में जो फ़र्स्ट फ्लोर होता है न बेटा, समझो पहले वही चौबारा कहाता था। जिसमें ख़ूब खिड़की-दरवाज़े होते थे। चौबारा का जो चौ है ना, वो है चार। और बारा मने दरवाज़ा। दादी दरवाज़े को बारना कहा करती थीं। आगे बोलो और ये नॉनसेन्स से सवाल करना बन्द करो।"

"गज्जब...। आय एम इंप्रेस्ड", चंदन ने लिखा।

"आगे बताओ", कीरत ने कहा।

चंदन बताने लगा, "हमारे घर के चौबारे में एक छोटी-सी खिड़की होती थी। मैं उसमें पैरों को पेट में घुसाकर बैठता। सिकुड़कर। खिड़की जिस तरफ़ खुलती थी, उस तरफ़ नीम का एक पेड़ होता था। हमारे हाथ, कानून के हाथ तो थे नहीं।:) सो मैंने उस नीम से निम्बोलियाँ तोड़ने का एक ख़ास उपकरण बना लिया था। खेत में सरसों की कटाई के बाद चूल्हे में जलाने वाले ईंधन की लकड़ी से। बस उस खिड़की में बैठता, निम्बोलियाँ तोड़ता और पढ़ता रहता।"

"तो! ये भी कोई बात हुई?", कीरत ने पूछा।

"बात अभी पूरी कहाँ हुई", चंदन ने कहा।

"तो करो पूरी", कीरत ने कहा।

चंदन लिखने लगा, "मैं बड़ा होने लगा। खिड़की छोटी पड़ने लगी। समय बीतता रहा। फिर समय के साथ मैं और नीम, दोनों अपनी जड़ों से कट गए। जब हम अपनी जड़ों से कट जाते हैं, तो अपना अस्तित्व खो देते हैं। उसके बाद न कभी निम्बोलियाँ खाने को मिलीं, न नीम की घनी छाँव मयस्सर हुई और न उसकी छाँव तले बने चौबारे की खिड़की में बैठकर पढ़ने का सुख। सब ख़त्म हो गया।"

"कुछ ख़त्म नहीं हुआ। देखो, अपने यहाँ कितनी बड़ी खिड़कियाँ हैं। आराम से बैठा करो।", कीरत ने जैसे दिलासा दी।

"अरे अब तो गाँव-शहर सब जगह लोग घरों में खिड़कियाँ ख़ूब निकालने लगे हैं।" चंदन ने कहा।

"हाँ, अब शायद लोगों के भीतर ख़ालीपन ज़्यादा हो गया है। वे उसे बाहर करने के लिए खिड़कियाँ बड़ी रखने लगे हैं।" कीरत ने चंदन को छेड़ते हुए कहा, और स्माइली बना दी: P

चंदन की ऐसी गंभीर-सी बातों के बीच कीरत इसी तरह की छोटी-छोटी फुहारें छोड़कर उसे छेड़ती रहती और चंदन कसमसाकर रह जाता। हालांकि अबकी बार कीरत को कल की बहस के बाद बन्द हुई बात वाली स्थिति याद आ गई। उसने तुरन्त कहा, "बट यू नो! विंडोज़ आर फुल ऑफ़ लाइफ़। खिड़कियाँ लोगों को ज़िन्दगी से भर देती हैं।"

कीरत की यह बात सुनकर चंदन कुछ सोचने लगा। उसने टाइप करना बन्द कर दिया। कीरत ने एक काग़ज़ को मुट्ठी में भींचकर सिकोड़ा और खिड़की से चंदन की ओर फ़ेंक दिया। जैसे वह लौट गई हो बचपन में। चंदन भी जैसे कहीं से लौट आया।

फिर टाइप करने लगा, "खिड़कियाँ भी कितनी अजीब होती हैं ना कीरत। शीशे में कैद मत्स्य जीवन की तरह। और तमाम खिड़कियाँ हैं, जिन्हें अब एक ही अवस्था में रहने की आदत हो गई है। कुछ खिड़कियाँ न जाने कितने बरसों से बन्द पड़ी हैं। न तो उनसे बाहर का कुछ भीतर आता है और न भीतर का कुछ बाहर जाता है। मेरे दफ़्तर की खिड़कियाँ भी ऐसी ही हैं। बहुत बार सुनता हूँ मैं उनकी सिसकियाँ, उनका रुदन-क्रंदन, जो सामने समंदर की लहरों के शोर में कहीं दब गया है। ख़ुद उदास होते हुए भी सबकी उदासी हर लेती हैं ये बन्द खिड़कियाँ।"

कीरत ने मैसेज पढ़ लिया, लेकिन देखा कि चंदन के नाम के नीचे अब भी टाइपिंग लिखा आ रहा है, तो रुककर इंतज़ार करने लगी।

"और जानती हो! मैं अक्सर सेवेरे थोड़ा जल्दी दफ़्तर पहुँच जाता हूँ। ताकि खिड़की से छनकर आते धूप के टुकड़े को छू सकूँ। मुंबई में कहाँ नसीब होती है धूप। हमारी प्राथमिकताओं में कहाँ है धूप। हम तो अपने कपड़े तक पंखे की हवा में सुखा लेते हैं, छतों में हैंगर टाँगकर। मैं जब-जब छूता हूँ, धूप के उस टुकड़े को, तब-तब लगता है, जैसे ज़िन्दगी को छूकर देख रहा हूँ।"

"एकदम यही एहसास मुझे होता है। तभी तो मैंने कहा था कि खिड़कियाँ जीवन से भर देती हैं।" कीरत ने अपना एहसास बाँटा।

"और मुझे ऐसा एहसास होता है, जैसे उस खिड़की को जीवन मिल रहा है। जैसे वो धूप उस खिड़की को ख़ुशी दे रही है। उस पल में वह ख़ुश है, जो शायद जब से बनी है, तब से एक स्थायी शीशे से बन्द कर दी गई है। बन्द रहना इन खिड़कियों की नियति है।" चंदन ने कहा। लेकिन कीरत ने सुना, "चलो आज की रात खिड़की खुली रखकर सोते हैं।" दोनों ने अपनी-अपनी

खिड़कियाँ खुली छोड़ दीं। घर और दिल दोनों की खिड़कियाँ। रात बीत गई। अगले दिन दफ़्तर निकलने से पहले दोनों ने खुली खिड़कियां बंद कीं। लेकिन एक खिड़की ज़ेहन में खुली रह गई और एक दिल में।

चंदन अगली दोपहर अपने दफ़्तर में एक खिड़की के सामने खड़ा था। यहाँ उसे एक नया अनुभव हुआ। धूप खिड़की के बन्द शीशे से छनकर भीतर की ओर प्रवेश कर रही थी। और सीधे उस हरी पट्टी पर टकरा रही थी, जिस पर अंग्रेज़ी में लिखा था- 'एक्ज़िट'। धूप के पड़ने से इस पट्टी का हरा रंग चमक उठा था। जैसे यह पट्टी चंदन को 'उस पार' का रास्ता दिखा रही हो। धूप उस पट्टी को पार कर सामने की दीवार से टकरा रही थी और उसी खिड़की के रास्ते लौट रही थी। उसने जेब से फ़ोन निकाला। कैमरा खोला। एक क्लिक किया। फोटो पर टैप किया और शेयर पर जाकर कीरत को भेजकर वहाँ से एक्ज़िट किया।

हम कहीं से निकलते हैं तो कहीं और पहुँचते हैं। चंदन अपने गाँव पहुँच गया। उन हँसती हुई खिड़कियों पर जा बैठा, जिनके ठीक सामने हरियाली है। पेड़-पौधे हैं। पंछी हैं। धूप है। छाँव है। एक कुआँ है। ऊपर नीला आसमान है। बरगद है। गुलमोहर है। ज़िन्दगी है।

चाँद पर चाय

शाम ढल चुकी है। सड़कों पर ट्रैफ़िक बढ़ गया है। रफ़्तार कम हो गई है। हवाएँ समंदर से नमी को बाहों में भरकर ला रही हैं। ऊँची-ऊँची दीवारों और शीशों से टकराकर सोसायटी के आँगन की सैर कर रही हैं। दिनभर चार दीवारों के बीच के खाली स्थान को भरकर रखने वाले लोग भी सैर को नीचे आ गए हैं। उसी आँगन में बच्चे खेल रहे हैं। दफ़्तर से लौटने वालों का सिलसिला भी शुरू हो गया है।

चंदन आज कुछ जल्दी आ गया है। सोसायटी में घुसते हुए देखता है कि कीरत उसके ठीक आगे चली जा रही है। एक हाथ में थैला थामे हुए है और दूसरे हाथ से हवा से उड़ते बालों को सम्भाल रही है। उसे याद आता है कि कीरत पर इन दिनों दक्षिण भारतीय भाषा सीखने की धुन सवार है। चंदन झट से अपने फोन पर कुछ गूगल करता है और कदम तेज़ कर देता है। पास पहुँचकर कहता है, "हे...। शुभ संजे"।

कीरत हवा से उड़कर आगे आए बालों को दाएँ हाथ से कान के पीछे की ओर टाँगती है। पलटकर कहती है, "शुभ संजे। शुभ संजे...। निवु हेगे?"

चंदन थकी-सी शाम में सुबह-सा उत्साह भरते हुए कहता है, "ओलियाडु नालू उत्तमा।"

कीरतः "ओह वाऊ! कन्नड़...।"

चंदनः "अब अपनी बात तुम्हारे दिल तक पहुँचानी है तो कुछ तो करना होगा ना।"

कीरतः "नौटंकी।"

चंदनः "अच्छा छोड़ो। दिन छिप चुका है। चाँद निकलने को है। एक-एक चाय हो जाए? तुम्हारा मूड अच्छा हो जाएगा, जब मेरी चाय बोलेगी।"

कीरत: (कुछ सोचते हुए) "हम्म्म लेकिन कहाँ?"

चंदन: "चाँद पर।"

कीरत: (नखरे से) "मैं ख़याली चाय नहीं पीती। और तुम राजेश तैलंग बनने की कोशिश न करो। मैंने भी सुना है उन्हें। आय ऑल्सो लिसन टू हिन्दी पोएट्स।"

चंदन: (ज़रा शायराना अन्दाज़ में) "तिरा एक ख़याल ही काफ़ी है उम्रें गुज़ारने को। और तू कहती है कि ख़याली चाय नहीं पीती।"

कीरतः (इठलाकर) "नींद उड़ाने को काफ़ी नहीं है? जब देखो नॉनसेन्स बातें करते रहते हो। हाँ नहीं तो...।"

चंदनः "अबे ये सेंसिटिव बात है। नॉनसेन्स कैसे हो गई भला?"

कीरत: "अच्छा! तो बताओ कैसे पिलाओगे चाँद पर चाय? चंद्रयान से लेकर चलोगे?"

चंदन: "नहीं। चाँद ख़ुद चलकर आएगा। जैसे हर रात आता है। मेरे कमरे की दीवार में रहने वाली खिड़की के रास्ते। और देखो यह शुक्ल पक्ष है। यानी रातें चाँदनी हैं। आज तो चाँद भी चौदहवीं का है।"

कीरतः "बस-बस! तुम गाने न लगना अब।" फिर आँखें ऊपर की ओर तिरछी करके कुछ सोचते हुए कहती है, "बट सीम्स इंट्रेस्टिंग।" फिर दाहिने हाथ की तर्जनी उंगली को चंदन के नाक पर रखते हुए मुस्कुराते हुए कहती है, "वैसे... तुम भी कम इंट्रेस्टिंग नहीं हो। बस कभी-कभी ऐसी बातें करके बोर करने लगते हो।"

चंदन: "कैसी बातें?" (अपने नाक पर उसका स्पर्श पाकर मन ही मन ख़ुश होते हुए)

कीरतः "चाँद पर चाय जैसी।

चंदन: "हाँ तो क्या ग़लत करता हूँ, बताना ज़रा?"

कीरतः (गर्दन को 90 डिग्री के कोण पर ऊपर से नीचे हिलाते हुए) "चाँद बातें करता है, चाय बोलती है? बकवास कितनी करते हो तुम चंदन।"

चंदन: "चाँद बातें करता है ना। रात से। चाय से। मुझसे। तुमसे। सबसे। विनोद कुमार शुक्ल से। रघुवर प्रसाद से। सोनसी से। और अपने गुलज़ार साहब से। एक सौ सोलह चाँद की रातें तो उन्हीं से गुलज़ार हैं।"

कीरतः (गाल फुलाकर) "उफ़्फ़...! कौन हैं तुम्हारे ये रघुवर प्रसाद-सोनसी।"

चंदनः "पति-पत्नी।"

कीरतः "वेरी फनी।"

चंदनः "अरे सीरियसली। और चाँद इन दोनों की चिट्ठी है। सोनसी जब अपनी खिड़की से बड़ा चाँद देखती है, तो वह बड़ी चिट्ठी होती

है और रघुवर प्रसाद जब अपनी खिड़की से छोटा चाँद देखते हैं तो वह छोटी चिट्ठी होती है।"

कीरतः "बड़े कमाल हैं तुम्हारे रघुवर प्रसाद, सोनसी और उनकी चिट्ठी।"

चंदनः "मेरे नहीं हैं। विनोद कुमार शुक्ल के हैं। मुझे तो उन्होंने ही मिलवाया था इनसे।"

कीरतः "अब बातें बनाना बन्द करो।"

चंदन: "अरे... मैं बातें नहीं बना रहा हूँ। चाँद पर सब लिखा होता है। वह बातें भी करता है। अच्छा, बचपन के दिनों को याद करो। बचपन में चाँद को देखते हुए बातें करती थी या नहीं। माँ ने चंदा मामा से मिलवाया था कि नहीं?"

कीरत: "अरे हाँ...। और मैं तो चाँद-तारों को देखते-देखते सो भी जाया करती थी। मन ही मन उनसे बातें करते हुए। पर चाय से बातें... ये कुछ ज़्यादा हो गया चंदन। चाय पर बातें तो सब करते हैं। ये तुम ही फ़ालतू आदमी हो जो चाय से बातें करने की बात करते हो।"

चंदन: "चलो चाय पीते-पीते आज तुम्हें चाय से भी बात करा देते हैं।"

कीरतः "अब तुम और लम्बी-लम्बी बातें करोगे। लेकिन अभी टाइम नहीं है। ज़रा जल्दी में हूँ। चाय पीते हैं ना अपन संडे।" कीरत के चेहरे पर जैसे इतवार वाली चाय को याद कर बड़ी वाली स्माइली आ बैठी।

दोनों ने सोसायटी के अहाते से 32वें माले पर पहुँचने तक ये तमाम बातें कर डालीं। लिफ़्ट का दरवाज़ा एक बार खुलकर बन्द हो चुका था। लिफ़्ट दोनों को लेकर दोबारा नीचे चल दी थी। कीरत ने झट से 25वें माले का बटन दबाया। दोनों फिर दूसरी लिफ़्ट लेकर अपने तल पर पहुँचे। लेकिन दोनों ने महसूस किया, जैसे वे किसी अतल में हैं।

कुछ सेकेंडों के लिए दोनों अपने-अपने घरों के बन्द दरवाज़ों के सामने खड़े रहे। दोनों ने एक साथ पलटकर एक-दूसरे को देखा। कीरत हल्की-सी मुस्कुराई। फिर ताले की ओर पलट गई। चंदन भी अपने दरवाज़े की ओर मुड़ गया। पर उसके मुड़ते ही कीरत बोली, "सुनो! वो चाय से बात करा रहे थे ना! मैं चाय की प्याली वॉट्सऐप करती हूँ। अपन उसी पर बात करेंगे।"

चंदन ने कहा, "सरी-सरी"। कीरत कन्नड़ में 'ठीक है' सुनकर एक बार फिर मुस्कुराती हुई अपने घर का ताला खोलकर भीतर चली गई। और चंदन कीरत के दिल का दरवाज़े खोलने के जतन में लग गया।

चाय का व्याकरण

चंदन दफ़्तर में अपनी सीट पर बैठा काम कर रहा है। सामने माइक्रोसॉफ़्ट वर्ड खुला है। टीवीएस के कीबोर्ड पर उसकी उंगलियों के पौरे खट-खट-खट-खट, खट-खट-खट-खट की आवाज़ करते हुए दौड़ रहे हैं। मोबाइल डेस्क पर कम्प्यूटर के बगल में पड़ा है, रखा नहीं है। प्यास को बहुत देर तक नज़रअन्दाज़ करने के बाद पानी पीने के लिए सीट से उठता है। साथ में फ़ोन भी उठाता है और कीरत की चाय की प्याली को नोटिफिकेशन बार में पाता है। चैटबॉक्स में जाता है। उसने लिखा है, "चाय मैं पिला रही हूँ। बातें तुम करा दो।" वह जवाब में लिखता है, "दफ़्तर से निकलते वक़्त कराता हूँ।" कीरत ने लिखा, "इंतज़ार रहेगा।"

शाम ढलने को है। रात आने को है। आज पूनम की रात है। "अगर आज की रात चाँद पर चाय नहीं हो पाई तो लंबी टलेगी। इसके बाद कृष्ण पक्ष शुरू हो जाएगा।" चंदन ने सोचा। वैसे, कृष्ण पक्ष का नाम उसे शुक्ल पक्ष से ज़्यादा प्रिय है। क्योंकि इस पक्ष में रातें अन्धेरी होती हैं, अन्धेरा काला होता है और कृष्ण का एक अर्थ काला भी होता है। दिमाग़ में चाँद पर चाय की उधेड़बुन लिए वह चले जा रहा है कि कुछ घंटे पहले आए कीरत के पिंग को देखता है।

जवाब में लिखता है, "हाँजी"?

वह लिखती है: "क्या जी"?

वह लिखता है, "वही जी"।

वह लिखती है, "नहीं जी"।

वह लिखता है, "हाहाहाहा"।

वह लिखती है, "हेहेहेहेहे"।

वह स्माइली बनाता है,: D

वह बनाती है,: P

वह डी और पी से पहले एक-एक कोलन लगाकर लिखता है, "चाँद पर चाय"!

वह लिखती है, "चाय की भाषा"!

वह लिखता है, "हाँ बतलाओ"।

वह लिखती है, "तुम बताने वाले थे"।

वह लिखता है, "तो सुनो"।

वह लिखती है, "हाँ सुनाओ"।

वह लिखता है, "चाय की भाषा चाय-सी होती है। कड़क।"

"और समझ किसे आती है?" कीरत ने बड़ी-सी स्माइली के साथ लिखा।

चंदन को लगा, जैसे वह अपने सिग्नेचर स्टाइल में आगे के सारे दाँत दिखाते हुए, होठों को पूरा फैलाकर, मुस्कुराहट को आँखों तक पहुँचाकर, मुखड़े पर बड़ी वाली मुस्कुराहट ऐसे बिखेरकर कह

रही है, जैसे किसी ने गुलाब की पंखुड़ियों से भरी गठरी को हवा में लहराकर खोल दिया हो।

चंदन का कोई जवाब नहीं आया। वह तो उड़ती गुलाब की पत्तियों के बीच खिले कीरत के चेहरे में डूब गया था। कीरत ने अपने उसी मैसेज को टैग कर लिखा, "?"

चंदन ने पढ़ा, "क्वेश्चन मार्क" और अपने ख़याल से बाहर आया। वह सोचने लगा वॉट्सऐप की भाषा में प्रश्नवाचक चिह्न ने नहीं, क्वेश्चन मार्क ने ही जगह बनाई है। प्रश्नवाचक चिह्न तो वह कभी स्कूल में अपनी नोटबुक में लगाया करता था।

उसने कीरत के सवाल के जवाब में लिखा, "हर चाय पीने वाले को समझ आती है।"

कीरत ने कहा, "चाय तो मैं भी पीती हूँ। मुझे तो आई नहीं आज तक।"

उसने ऐतबार दिलाया, "आएगी। समझने की कोशिश करो। किसी भी भाषा को समझने का सबसे अच्छा तरीक़ा होता है सुनना और पढ़ना। इसलिए पहले सुनो।"

कीरत ने कहा, "चलो सुनाओ।"

चंदनः "कविताएँ तो तुमने लिखी हैं ना।"

कीरतः "हाँ...थोड़ी-बहुत।"

चंदनः "कविताएँ लिखते हुए तुमने महसूस किया होगा कि कभी-कभी कुछ पंक्तियाँ स्वतः स्फूर्त चली आती हैं और उनका पिछली पंक्तियों से सीधे कोई सम्बन्ध नहीं होता। उन पंक्तियों से कई बार एक नई कविता जन्म ले लेती है।"

कीरतः "स्वतः स्फूर्त मतलब?"

चंदनः "spontaneous."

कीरतः "हाँ, होता तो है।"

चंदनः "बड़े-बड़े कवियों ने ऐसा स्वीकार किया है। गीत चतुर्वेदी ने यही बात अपनी किताब "टेबल लैम्प" में लिखी भी है। पढ़ना। बहुत सुन्दर किताब है। ख़ैर! मैं कह रहा था कि ज़िन्दगी भी कविता की तरह होती है। ज़िन्दगी में भी कुछ लोग स्वतः स्फूर्त आ जाते हैं। कविता पंक्तियों की तरह spontaneous. और ज़िन्दगी का हिस्सा बन जाते हैं।"

कीरतः "हाँ। चलो मान लेती हूँ। लेकिन इसका चाय से क्या लेना-देना है?"

चंदनः "ज़िन्दगी में वो जो स्वतः स्फूर्त आ जाने वाले लोग होते हैं ना, उन्हें चाय का निमंत्रण ही चाय की भाषा का ककहरा है और श्री राम सेंटर या पृथ्वी थियेटर या फिर घर में बैठकर उनके साथ चाय पीना, चाय की बारहखड़ी।"

चंदन की बात पढ़कर कीरत ने जैसे अपने होठों पर आई मुस्कुराहट को स्क्रीन पर रख दिया और फोन के कीबोर्ड पर तीन बार टैप कर चौथा टैप सेंड पर किया। चंदन की स्क्रीन पर सिंबल था:)

चंदन ने आगे लिखा, "किसी को चाय पिलाने के लिए उत्साह और अनुराग से उठे कदम चाय की भाषा का व्याकरण गढ़ते हैं। व्याकरण भाषा की व्यवस्था है। और चाय ज़िन्दगी की। यह चाय की भाषा का प्रवाह ही है, जो चाय की इच्छा न होने पर भी आपको बहा ले जाता है और आपके हाथ स्वतः स्फूर्त तरीक़े से कप को थाम लेते हैं।"

कीरत ने अबकी बार फिर एक मुस्कुराती बड़ी वाली स्माइली भेजी।

स्माइली चंदन के होठों पर आ गई और चंदन ने लिखा, "और जानती हो भाषा में अवरोध कब आते हैं?"

कीरतः "तुम ही बता दो।"

चंदनः "जब किसी दूसरी भाषा का अनपेक्षित शब्द अनचाहे रूप से बीच में आ जाता है तो वह अवरोध होता है। चाय की टपरियों पर जमा होने वाली मंडलियाँ चाय की भाषा में आने वाले अवरोधों को समझने का सरलतम और सुलभतम उदाहरण हैं। किसी दूसरे अनपेक्षित व्यक्ति के अनचाहे रूप से आ जाने पर चाय का पूरा डिस्कोर्स बदल जाता है।"

कीरतः "हाँ बिल्कुल! बदल तो जाता है।"

चंदनः "और यह भी चाय की भाषा का ही कमाल है कि चाय पिलाने वाले के कदम जिस उत्साह और अनुराग के साथ बढ़ते हैं, चाय पीने वाले के इनकार कर देने पर उतने ही धीरे से लौट जाते हैं। चाय की शब्दशक्ति अभिधा नहीं है। लक्षणा भी नहीं। यह व्यंजना है। व्यंजना का एक लक्षण अव्यक्त होना है। वह प्रेम की तरह अव्यक्त है। हालांकि व्यंजना अव्यक्त को अभिव्यक्त करने की शक्ति का नाम है। लेकिन प्रेम को व्यक्त करने का न कोई शब्द है और न ही शक्ति। प्रेम अपने आप में शक्ति है। इसीलिए हम प्रेम को व्यक्त नहीं कर पाते। बस महसूस कर पाते हैं। चाय की तरह।

जवाब में कीरत ने भेजे हैं कुछ सिंबल- कोष्ठक शुरू, कोलन, डैश, कोष्ठक बन्द (:-) और लिखती है, "जी में आता है, तुम्हारे

हाथ की चाय पीयूँ और चूम लूँ उन हाथों को, जिनकी उंगलियों से प्रेम झरता है। मैं जोगेश्वरी स्टेशन मिलती हूँ तुम्हें। स्टेशन वाली वो भेलपुरी खाएँगे और वेस्ट में चलकर गोलगप्पे भी। फिर आकर पियेंगे तुम्हारी वाली चाय।"

यह पढ़ चंदन ख़ामोश रह गया। दोनों ने जोगेश्वरी स्टेशन पर भेलपुरी खाई। आज कीरत ने उसे अपने हाथों से गोलगप्पा खिलाया। उसका मुँह गोलगप्पे से और दिल प्यार से भर गया। दोनों ने घर लौटकर चाय पी।

कीरत ने कहा, "एक बात पूछूँ?"

चंदन ने कहा, "तुम्हें पूछने से मना किया है कभी?"

कीरत ने कहा, "यक़ीं नहीं होता।"

चंदन ने पूछा, "किस बात का?"

कीरत ने कहा, "जाने दो। किसी बात का नहीं।"

चंदन ने फिर पूछा, "बोलो तो।"

कीरत ने कहा, "कुछ नहीं।"

चंदन ने सुना, बहुत कुछ।

रात गहरा गई थी। चंदन ने दिल में भरे प्यार के गोलगप्पे को फोड़ देना चाहा और लिखा, "मैं प्रेम के उस पड़ाव पर हूँ, जहाँ जताने की ज़रूरत नहीं रह जाती है। न प्यार मनवाया जाता है। और न ही यक़ीं दिलाया जाता है। सिर्फ़ किया जाता है। डूबकर। सब कुछ भुलाकर। सबकुछ ताक पर रखकर। अपने आप को खोकर। इस करने की प्रक्रिया में ख़ुद को खो देना ख़ुद-ब-ख़ुद होने वाली

एक क्रिया है। और करने की इसी प्रक्रिया में प्रेम के तमाम मानी स्वतः तुम्हारी मुस्कुराहटों में समा जाते हैं। प्रेम में होना, फिर उन उजालों का होना है, जिन्हें तुमने अपनी पलकों तले ढाँपकर रखा है। जिनके उठते ही सुबहें रौशन हो जाती हैं। जिनके एक-एक तार में बाँधकर रखा है तुमने दिन का एक-एक पहर। यक़ीं नहीं, तो जब कभी तुम्हारी पलक का कोई बाल टूटकर तुम्हारी डेस्क पर गिर जाए; उठाना उसे। मुट्ठी भींचकर रखना ऊपर। बन्द करना आँखें और उसे उड़ाने से पहले, ज़रा सा झाँककर देखना। अपने पीछे। मेरे दिन का कोई टुकड़ा दिखेगा तुम्हें। टूटा हुआ। कुछ छूटा हुआ। तब भी न हो यक़ीं तुम्हें, तो याद कर लेना मेरी उस तस्वीर को, जो यूँ ही भेज दी थी उस सुबह मैंने तुम्हें। जिसमें एक आँख तले बैठा छोटा-सा मोती अब भी तुम्हारी मुस्कान की राह तकता होगा। तुम्हारा मुस्कुराना ही उसकी मुक्ति है। मेरे अन्धेरे, उजले, सारे पक्ष यही हैं। तुम्हें न हो यक़ीं, तो मत करो। हक़ीक़तें यक़ीं की मोहताज नहीं हुआ करतीं।"

मैसेज पर ब्लूटिक तुरंत हो गया, लेकिन कोई जवाब नहीं आया। कीरत नाइट शिफ़्ट में थी। ये उसके 'बिज़ी आवर्स' थे।

भोर

चंदन अपने अव्यक्त प्रेम को व्यक्त कर चुका है। कीरत ने कुछ कहा नहीं है। चंदन का मन बेकल है और कौन जानता है कि उससे भी ज़्यादा बेकल कीरत हो, जो किसी ऊहापोह में फँसी हो। आज की सुबह चंदन को कुछ अलग सी लगी। चाँद ओझल हो चुका है। सूरज अभी ठीक से उगा नहीं है। क्षितिज पर लालिमा अभी छायी नहीं है। पर धीरे-धीरे उजाला हो रहा है।

इस उजाले में हरी घास पर ओस की बूँदें स्पष्ट दिखाई देने लगी हैं। वो बूँदें, जिनका सूरज की किरणों से आलिंगन होना और उस आलिंगन में बिंधकर पिघलना अभी शेष है। निशा लम्बी ड्यूटी के बाद उषा को ओवर देते हुए लौट रही है। पास की सड़क पर ट्रैफिक की कर्कश आवाज़ नहीं है।

पंछियों का हल्का कलरव है। यह भोर की वेला है। गाँवों के 'तड़के जल्दी' वाली। उगते सूरज की लालिमा दिखाई देने लगी है। चंदन ने अपना फ़ोन उठाया और तस्वीर क्लिक कर कीरत को भेज दी। बीती रात प्रेम को व्यक्त करने के बाद बातचीत का सिलसिला भी तो आगे बढ़ाना है।

वह जानता था कि कीरत अभी उठी नहीं होगी। उसे मालूम था कि उठते ही वह तस्वीर देखेगी और एक मुस्कुराती स्माइली उसकी स्क्रीन पर चमकेगी। वही हुआ। कुछ घंटों बाद कीरत ने एक इमोजी भेजी। वर्चुअल दुनिया में शब्द मर रहे हैं। भावनाएँ ज़ाहिर करने के

लिए इमोजी आ गए हैं। बल्कि इमोजियों की नई भाषा बन चुकी है। लेकिन चंदन को इन्हें समझने में बहुत कठिनाई का सामना करना पड़ता है। उसने तो दूज के चाँद को ही शब्दों पर चन्द्र बिन्दु की तरह लगते देखा था। लेकिन यहाँ इमोजी में तो उसे अपना चाँद भी बेरंग दिखता था। इसीलिए ये इमोजियाँ उसे पसन्द नहीं।

लेकिन कीरत ने तो जैसे इनका कोर्स किया हुआ था। वह इनके इस्तेमाल की इतनी अभ्यस्त थी कि उससे बातें करने के लिए चंदन को बात-बात में गूगल करना पड़ता था। हालांकि कीरत उसे इन स्माइलियों के अर्थ भी बताती-समझाती, पर उसे कुछ याद न रहता।

चंदन ने देखा, कीरत ने हँसते इमोटिकन के साथ लिखा है, "भोरे-भोरे उठ गए?" चंदन ने कहा, "हाँ। तुम तो उठ नहीं पाती हो, तो सोचा कि भोर से तुम्हारे हिस्से की मुलाक़ात भी मैं ही कर लूँ।"

कीरत ने कहा, "यस! इट्स बीन ए लॉन्ग टाइम। लेकिन तुम कर तो लेते हो मेरे हिस्से की मुलाक़ातें, फिर मुझे कहाँ ज़रूरत रह जाती है।"

चंदन ने कहा, "अरे लेकिन कभी-कभी तो मिलना चाहिए कम से कम। आख़िर तुम्हारे हिस्से में कहाँ है ऐसी सलोनी, मुस्कुराती, सीधी-सादी, भोली-भाली और सरल-सी ये भोर।"

"एक तो रातों की शिफ़्ट ने सुबहें बर्बाद कर दी हैं और ऊपर से तुम्हारी ये बोरिंग, नॉनसेन्स बातें। कुछ भी बोलते हो यार। कैसे है भोलापन, सरलता?"

चंदन ने जवाब दिया, "सूरदास लिख गए हैं- भोर भयो गइयन के पाछें, मधुवन मोहि पठायो, मैया मोरी मैं नहीं माखन खायो।"

कीरत ने कहा, "मत पकाओ यार! तुम्हें उठकर छह घंटे हो गए और मेरी सुबह अभी हो रही है। और तुम कह रहे हो भोली-भाली। कुछ भी। हुह!"

चंदन अपनी सीट से उठा और एक लम्बा मैसेज लिखा, "क्या तुमने कभी भोर में किसी को ठगी करते, झूठ बोलते, चोरी-चकारी करते देखा है? कितनी सरल, कितनी मधुर होती है भोर। पर तुमको तो उसका एहसास तब हो ना, जब भोर में तुम्हारी आँख खुले। तुम तो पिछले 5 साल से रात के तीन बजे आँखें मूँदती आ रही हो। कैसे महसूस होगी भोर की सरलता? कैसे देख पाओगी? कैसे देखोगी मन में जागती आशाओं को? तुम्हारी तो सुबह ही दोपहर को होती है। ये सब कॉर्पोरेट की देन है। इसने हमारी ज़िन्दगी का भी कॉर्पोरेटीकरण कर दिया है। और हमारी मेहनत के बदले चंद पैसों के साथ कुछ और सौगातें भी दी हैं। जागती रातें। सोती सुबहें और उनमें घुला हैंगओवर।

तुम्हें मालूम भी है फ़र्ज़ी स्माइल बनाए रखने के चक्कर में तुम्हारी मुस्कुराहट का भी कॉर्पोरेटीकरण हो चुका है। मुस्कुराहट की वर्चुअल स्माइली ने ये नुकसान किया है कि होठों पर असली मुस्कुराहट का आना बन्द हो गया है। ये मैं उसी घड़ी समझ गया था, जब मेरे सामने तुमने किसी को स्माइली भेजी थी और तुम्हारे माथे की त्यौरियाँ चढ़ी हुई थीं। चेहरे का रंग पूरी तरह गायब था। उस स्माइली का लेशमात्र भी तुम्हारे चेहरे पर नहीं था।"

कीरत ने मैसेज पढ़ा, पर वह कुछ कह नहीं पाई। चुप हो गई। उसे लगा जैसे वह नींद से अब जागी है। उसे एहसास हुआ कि बीते 5 साल की नाइट शिफ़्ट में उसने अपनी ज़िन्दगी की कितनी सुहानी सुबहें खो दी हैं। कीरत ही क्यों, कीरत जैसे न जाने कितने युवाओं ने अपनी सुबहें नाइट शिफ़्ट में झोंक दी हैं।

आसमान में धूप चढ़ रही थी। कीरत को अपनी चढ़ती उम्र दिखाई दी। वह तिनके-सी काँप गई। उठी और आईने के सामने खड़ी होकर अपनी मुस्कुराहट को खोजने लगी। न जाने कितनी बार, कितनी तरह से उसने मुस्कुराकर ख़ुद को देखा। लेकिन आज उसे मुस्कुराहट नहीं दिखी। दिखे तो आँखों के नीचे पड़ चुके काले गड्ढे, जिन्हें वो हर सुबह सोने से पहले खीरे की चंद स्लाइसों से भरने की कोशिश करती आ रही थी। दिखी तो पलकों के तल में दुबक कर बैठी उदासी, जिस पर उसने हर रोज़ काजल की रेखा खींचकर उसे ढकने का प्रयास किया था। आज वह ऊपर से नीचे तक ख़ुद को ऐसे देख रही थी, जैसे वह किसी दूसरी लड़की को देख रही हो।

बहुत देर तक जब कोई जवाब नहीं आया, चंदन समझ गया कि कीरत अब अन्धकार से निकल रही है। उधर, कीरत अपने मन में एक नमी-सी महसूस कर रही थी। आख़िर कीरत का मन आज क्यों नम हुआ जाता था? इस भोर ने ऐसा क्या याद दिला दिया था कीरत को, जो उसका मन विचलित होने लगा था? कोई तो बात थी, जो कीरत ने अब तक चंदन के सामने ज़ाहिर नहीं होने दी थी। कुछ तो था, जो उसके मन के किसी कोने में दफ़्न था। लेकिन क्या?

छोड़ दिया जाना

कीरत अपने मन की मिट्टी में नमी तो महसूस कर रही थी, लेकिन यह नहीं समझ पा रही थी कि यह नमी चंदन के लिए है या फिर किसी और वजह से है। वैसे भी, घायल मन की ज़मीन पर प्रेम का पुनर्प्रस्फुटन बहुत धीमा होता है।

आज सुबह कीरत की आँख जल्दी खुल गई। वह सोचने लगी, "आज मैं जल्दी कैसे उठ गई। क्या ये चंदन की बातों का असर है? क्या मैं भी चंदन को... नहीं-नहीं। मैं प्यार-व्यार के बारे में नहीं सोचती।" उसने ख़ुद को एक द्वंद्व में पाया। उसी द्वंद्व में अपने लिए चाय बनाई और बाहर बाल्कनी में खड़ी होकर अरसे बाद भोर को महसूस करने लगी।

उसने उगते सूरज को देखा। बरसों बाद उसने देखा कि सवेरे-सवेरे लोग सैर को निकले हैं। बरसों बाद उसने सवेरे-सवेरे पंछियों के कलरव को सुना। सुबह की बयार को महसूस किया। फूलों को खिलते देखा। गुलमोहर की डालियों को मुस्कुराते देखा। वह देखती रही, जीवन के इतने रंग एक साथ। कोई सुबह-सुबह तैयार होकर ऑफ़िस के लिए निकला है, तो कोई अपने काम पर लगा हुआ है। उसने महसूस किया कि ऊँचाई से देखो तो चीज़ें अपने वास्तविक आकार में दिखाई नहीं देतीं। चीज़ों को, लोगों को वास्तविकता में देखने के लिए उनके समानान्तर खड़ा होना पड़ता है।

वह ख़ुद से बातें करने लगी, "वो भी क्या दिन थे। ऐसी कितनी सुबहें बैंडस्टैंड पर देखी थीं हमने। कितने ही सूरज उगते और छिपते देखे थे हमने साथ-साथ। अमेय तुम कहाँ चले गए। देखो! आज मैंने ख़ुद चाय बनाई है। अब तुम काम करते हुए टी-ब्रेक नहीं लेते क्या? तुम्हें मेरी ज़रा भी याद नहीं आती? ऑफ़िस की कैंटीन में पीछे वाली बैंच पर तुम अब अकेले ही बैठकर लंच करते हो?" उसे अपने बीते दिन याद आने लगे कि अमेय कैसे उसके लिए चाय बनाकर ले आता था और उसकी डेस्क पर रखकर चला जाता था।

वह हर बार की तरह आज भी अपने मोबाइल में सेव अमेय के नम्बर तक गई, मगर लौट आई। उसने सोचा, बहुत मुमकिन है कि अमेय भी हर रोज़ मेरे नम्बर तक आकर लौटता रहा हो। उसे याद आने लगे कॉलेज से लेकर अपनी पहली नौकरी तक के वे दिन, जब दोनों साथ मिलकर एक नई इबारत लिख रहे थे। लेकिन इबारतें हम कहाँ लिखते हैं। इबारतें तो समय के पन्नों पर पहले से तय होती हैं। पहले से लिखा होता है मिलना-बिछुड़ना। अमेय उसका बीता हुआ कल है। कीरत के अतीत की विस्मृतियों में अमेय है और आज की स्मृतियों में चंदन।

अमेय से चंदन तक का फ़ासला तय करना आसान नहीं रहा है कीरत के लिए। वह सोचती है कि शायद यह फ़ासला वह तय भी नहीं कर पाई है। उसे जैसे ही चंदन का ख़याल आया, अमेय ओस की बूँद की तरह उस लम्हे से ग़ायब हो गया। वह दरवाज़े की घंटी की आवाज़ सुनकर यादों के जंगल से लौटी। समझ नहीं पाई कि घंटी की आवाज़ उसे पहले सुनाई दी या फिर चंदन का ख़याल पहले आया। या फिर ज़ेहन से अमेय का ख़याल पहले गया। वह दरवाज़े तक पहुँची। दाएँ हाथ में चाय का कप

थामे हुए, बाएँ हाथ से दरवाज़ा खोला। चंदन ने उसे दरवाज़े पर पड़ा अख़बार उठाकर देते हुए कहा, "गुड मॉर्निंग मैडम, आपका न्यूज़पेपर।"

"अरे तुम! आओ ना। चाय पीओगे?" कीरत ने चहकते हुए चंदन से पूछा।

चंदन ने कहा, "अगर तुम एक मिनट में बना सको तो।"

कीरत झट से ग्रीन-टी बनाकर लाई और कहा, "एक मिनट वाली चाय" और दोनों हँस पड़े।

कीरत आज ताज़ा अख़बार के आनन्द को महसूस कर रही थी। वरना अख़बार तो घर में पिछले कुछ बरसों से ड्रॉइंग रूम की सेंटर टेबल की शोभा बढ़ाने के काम आ रहा था। ख़बरें वह कुछ एक नोटिफिकेशंस के मार्फ़त पढ़ लिया करती थी।

अख़बार के पहले पन्ने पर ड्यूरेक्स कंडोम के जीन्स वर्जन का विज्ञापन है। रणवीर सिंह ब्रांड एम्बेसडर हैं। नीचे टैगलाइन लिखी है- 'रेडी फॉर लव, एनीवेयर, एनीटाइम'। मानो प्रेम का अर्थ संकुचित होकर केवल इतना-सा रह गया हो। उसने एक नज़र उस विज्ञापन को देखा। दूसरी नज़र में चंदन को और तुरंत पन्ना पलटकर अपनी आँखों को कुछ अतिरिक्त बड़ा करते हुए पढ़ने लगीः "सुप्रीम कोर्ट गिव्स इंडिया ए प्राइवेट लाइफ़।" यही सबसे बड़ी ख़बर है।

बहुराष्ट्रीय कंपनी में रिलेशनशिप मैनेजरी करते चंदन को जितना वह जान पाई है, उसी तजुर्बे से उसने कहा, "तुमने तो देख लिए होंगे आज के सारे अख़बार?"

"हाँ। ये देखो, हेडलाइन में एक्सप्रेस ने बाज़ी मारी है।" चंदन ने जवाब दिया और अपने आईपैड में सेव किए इंडियन एक्सप्रेस के पेज वन की हेडलाइन "प्राइवेसी सुप्रीम" दिखाने लगा।

"वाऊ। इट इज़ रियली पावरफुल। आई मीन ये वाक़ई अच्छा है।" कीरत ने कहा।

"टेलीग्राफ़ का भी अच्छा है। देखो," और दिखाने लगा - 'प्राइवेसी ग्रांटेड प्राइमेसी', "लेकिन मुझे एक्सप्रेस का ज़्यादा अच्छा लगा।"

"अच्छा एक बात पूछूँ? पर्सनल-सी है।"

"एक क्यों, दो पूछो।" चंदन ने कहा।

"तुमने कभी बताया नहीं कि तुमने मीडिया क्यों छोड़ा। ग्लैमर था। सूडो-पावर भी होगी ही। फिर ये रिलेशनशिप मैनेजरी में तुम्हें क्या मज़ा आने लगा।" कीरत ने पूछा।

"कोई एक वजह थोड़े न होती है, किसी को छोड़ दिए जाने। किसी के छूट जाने की। कई वजहें मिलकर छोड़ने या छूट जाने की किसी घटना को जन्म देती हैं। और जो छूट जाता है, छूटता चला जाता है। अन्ततः छूट ही जाता है।" चंदन ने कहा।

कीरत को एक बार फिर अमेय, अमेय का छूटना, उसके छूट जाने की वजहें, सब याद आने लगा। वह सोचने लगी कि "अमेय ने मुझे छोड़ दिया है या मैंने अमेय को? या फिर यह कि अमेय कहीं छूट गया है या फिर मैं ख़ुद कहीं छूटी रह गई हूँ।" उसे लगा जैसे सिर्फ़ जाना ही हिंदी की सबसे ख़ौफ़नाक क्रिया नहीं है। उससे भी ख़ौफ़नाक है, छोड़ दिया जाना।

मौन

कीरत के सामने अमेय बैठा हुआ है। नहीं, कीरत के सामने तो चंदन बैठा हुआ है। लेकिन कीरत अमेय के ख़यालों में इस कदर डूबी हुई है कि उसे ये एहसास ही नहीं रहा कि उसके सामने चंदन है, अमेय नहीं। उसके ज़ेहन में चेहरा अमेय का उभर रहा था और कानों में बातें चंदन की गूँज रही थीं।

"छोड़ दिया जाना, छूट जाना।" उसे जब-जब अमेय याद आता है, उसके भीतर छूट जाने, छोड़ दिए जाने का डर बैठने लगता है। वह चाय का कप हाथ में थामे कुछ देर तक वैसे ही बैठी रही। चंदन ने अपनी ग्रीन-टी का आख़िरी घूँट भरा, सोफ़े के सिरहाने से पीठ को अलग कर आगे की ओर झुका और कप को मेज़ पर रखा।

सामने हुई इस हलचल और मेज़ पर कप रखने की आवाज़ को सुनकर कीरत दोबारा वहाँ उपस्थित हुई। उसने अपना ध्यान अमेय की याद से उपजे डर से हटाया और असहज-सी होकर चंदन की ओर ऐसे देखा, जैसे वह चंदन की नज़रों से अमेय को छिपा लेना चाहती हो। डर हमें असहज कर देता है।

कीरत को कुछ असहज-सी हुए देख चंदन ने पूछा, "क्या हुआ?"

"नथिंग। कुछ भी तो नहीं।" कीरत ने सहमे-से लहज़े में कहा।

"नहीं, कुछ तो।" चंदन ने जैसे अतिरिक्त दबाव के साथ पूछा।

"नहीं-नहीं। कुछ नहीं।" कीरत ने नकार के भाव के साथ कहा।

यह पहली बार था, जब चंदन उसे कुछ इस तरह अनमनी-सी होते देख रहा था। कीरत ने चाय का कप मेज़ पर रखा और अख़बार को गोद में। फिर चंदन की ओर से नज़र हटाकर मोबाइल फ़ोन उठाया। वॉट्सऐप खोलकर सर्च बटन पर टैप कर तीन अक्षर टाइप किए और चैट बॉक्स में ऊपर आए अमेय के नाम पर टैप किया।

उसे जब-जब अमेय का ख़याल आता, वह उससे हुई वॉट्सऐप चैट पढ़ने लगती। अब अमेय के पास जाने का एकमात्र यही रास्ता रह गया था उसके पास। वह जब-जब उस चैट विंडो में आती, उसे लगता, जैसे उसकी दहलीज़ से लौट रही है। उसके नाम की पुकार, अपनी सारी बातें, अपने ही भीतर लेकर। वह कुछ टाइप करती, पर उसे भेज नहीं पाती। यह ठीक वैसे ही है, जैसे कोई किसी को शिद्दत से लिखा ख़त लेकर किसी लेटरबॉक्स तक जाए और अपने भीतर उपजे किसी डर की वजह से उसे वैसे ही लेकर लौट आए। आज तक न जाने कितनी बार ऐसा हुआ होगा।

चंदन ने कीरत को मोबाइल में गुम हुए देख अपना वॉट्सऐप खोला और देखा कि कीरत ऑनलाइन है। चंदन को यह अच्छा नहीं लगा और वह सोचने लगा, "मैं सामने बैठा हूँ और ये वॉट्सऐप में घुसी हुई है। मुझे नज़रअन्दाज़ तो नहीं कर रही है।"

उसने वहीं बैठे-बैठे उसे पिंग करना चाहा। लेकिन यह सोचकर रह गया कि यह उसके स्पेस का अतिक्रमण होगा। फिर सोचने लगा, "कीरत के स्पेस में मेरा भी तो एक स्पेस है।"

"तुम इतने श्योर कैसे हो कि मेरे स्पेस में तुम्हारा स्पेस है।" उसे लगा जैसे कीरत ने उससे पूछा। लेकिन उसने देखा कि कीरत अब

भी फ़ोन को देख रही है। वह तो ख़ुद से बातें कर रहा था। वह वापस ऑफ़लाइन हो गया। यह सोचकर कि जहाँ अतिक्रमण होता है, वहाँ चीज़ें ख़राब होने लगती हैं। और इस ऑनलाइन ज़माने में ऑफ़लाइन रहकर भी कुछ अच्छा किया जा सकता है। "कीरत को भी उसका स्पेस देना चाहिए", चंदन ने ख़ुद को समझाया। हालांकि कीरत और चंदन दोनों के अपने-अपने स्पेस थे। एक-दूसरे के स्पेस में दोनों की सहज उपस्थिति रहती। इसी स्पेस में दोनों एक ज़िन्दगी जी लेना चाहते। चंदन, कीरत की सत्रह सौ साठ तस्वीरें उतार लेना चाहता और वह उस पर सत्रह सौ साठ मुस्कुराहटें निसार कर देना चाहती।

उनके बीच इस तरह के असहज और चुप लम्हे पहले कभी नहीं रहे थे। चंदन सोच रहा था, उनके बीच अगर कुछ होता तो वह थी, ज़रा सी धूप। ज़रा सी हवाएँ। बादलों के साये। ख़ूब सारी बारिशें। लंबे झरने। वेस्टर्न घाट की हरियाली। माथेरान के रमणीक दृश्य। कोंकण के तट। थोड़ा-सा बनारस। ज़रा-से वन, थोड़े-से उपवन, कुछ एक देवदार, घने-से चीड़, उनके बीच से मुस्कुराता चाँद और 'चीड़ों पर लदी चाँदनी'।

फिर यह चुप्पी कहाँ से आ गई। वह नहीं जानता था कि सामने गुमसुम बैठी कीरत अभी अमेय के साथ साँची के स्तूपों की सैर पर है।

आख़िरकार उसने अपने और कीरत के उस लम्हे के बीच आ बैठी चुप्पी को तोड़ते हुए कहा, "मेरे और तुम्हारे बीच मौन है।"

कीरत ने मोबाइल पर से नज़र हटाई। पलकें उठाईं। चंदन को आँख भरकर देखा और कहा, "कितना अच्छा है ना चंदन! शोरगुल से भरी इस दुनिया में हमारे बीच इस मौन का होना। हमारे भीतर

इतना शोर रहता है कि हमें कुछ भी सुनने के काबिल नहीं छोड़ता। अपने मन की भी नहीं।"

"मुझे ऐसा क्यों लग रहा है कि तुम टिक नाट हान की किताब पढ़कर यह बात कह रही हो।"

"हाँ, मैंने पढ़ी है। तुमने भी पढ़ी है?"

"पढ़ी है तभी तो कह रहा हूँ।"

"अरे हाँ, वरना कैसे बोलते। मैं भी कितनी इडियट हूँ। पर कभी-कभी कितना ज़रूरी होता है ना ये मौन भी चंदन..." कीरत की आवाज़ नरम पड़ गई थी।

"हाँ, उतना ही ज़रूरी जितना ये वन, पवन, पानी।" चंदन का स्वर भी नरम था।

"और?" कीरत ने पूछा।

"और तुम।" चंदन ने बताया।

"हेहेहे।" कीरत ने यह कहा नहीं, लेकिन चंदन ने सुना यही।

क्योंकि कीरत मुस्कुरा दी थी। और उसके दोनों होठों को ज़रा सा खोलकर, आगे के चार दाँतों को हल्के से दिखाते हुए, आँखों में चमक भरकर मुस्कुराने के यही मानी होते थे कि वह 'हेहेहे' कहना चाहती है।

कीरत के इस तरह मुस्कुराने के बाद चंदन ने कुछ नहीं कहा, पर कीरत ने जैसे बहुत कुछ सुना। दोनों के बीच फिर एक बार मौन गूँज रहा है। क्योंकि जगत में सबसे मुखर अगर कुछ है, तो वह मौन है। बशर्ते कि हम उसे सुन पाएँ।

बाहर बारिश हो रही है। और आज न जाने क्यों, कीरत के मौन में अमेय बार-बार दाखिल हो रहा है। कीरत अपने में सिमटी-सी चुप बैठी हुई थी। चंदन ने एक नज़र कीरत को देखा और दूसरी नज़र सामने लगी दीवार घड़ी को। घड़ी की सुइयाँ उसे कुछ तेज़ गति से दौड़ती दिखाई दीं। नौकरी पर जाने वाले व्यक्ति को सुबह-सुबह घड़ी की गति बढ़ी हुई प्रतीत होती है। वह अपनी दौड़ को घड़ी में देख रहा होता है। उसने सोचा कि उसे निकलना चाहिए और वहां उपस्थित मौन को तोड़ते हुए कहा, "अच्छा कीरत! मैं चलता हूँ। दफ़्तर के लिए देर हो रही है। फिर मिलते हैं।"

चंदन उठकर चलने लगा। कीरत भी उठी। लेकिन चंदन ठीक उसी पल वहाँ से निकल नहीं पाया। बहुत बार हम किसी स्थिति से निकलने के लिए पूरी तरह तैयार होकर भी नहीं निकल पाते हैं। लेकिन ऐसा क्या था, जिसने चंदन को रोक लिया था। क्या कीरत आज चंदन के और करीब आ गई थी? या फिर यह दोनों के इस प्यारे-से रिश्ते की पहली सुबह थी? या फिर यह कि अब यह रिश्ता ढलान पर था?

भ्रम

कीरत बहुत देर से चुप थी। अपने में गुम-सी। यह बात चंदन के मन को अच्छी नहीं लगी थी। नज़रअंदाज़ किया जाना भला किसे अच्छा लगता है। बच्चे भी अपने आप को नज़रअंदाज़ होते देख कुनमुनाना शुरू कर देते हैं। हम सबके दिल का एक हिस्सा हर उम्र में बच्चा होता है, जो युवा होते-होते परिपक्व होता जाता है। चंदन के परिपक्व दिल ने उसे वहाँ से निकलने को कहा। उसने दिल की सुनी। वहाँ से खड़ा हुआ। उसे खड़े होते देख कीरत भी उसके साथ उठी। चंदन दरवाज़े की ओर बढ़ने लगा। कीरत के कदम भी चंदन के पीछे-पीछे दरवाज़े की ओर बढ़े।

चंदन ने दरवाज़ा खोलने के लिए दाहिना हाथ आगे बढ़ाया। दरवाज़ा खुलता इससे पहले उसने पलटकर कीरत को 'बाय' कहना चाहा। वह 'बाय' कहता उससे पहले कीरत उसके गले लग गई। जिस वेग से वह उसके गले लगी, उससे दोगुने वेग से तुरन्त उसने ख़ुद को उससे विलग कर लिया। दोनों एकदम सुन्न पड़ गए। स्टैंडस्टिल। गहरी शांति। बाहर-भीतर, सब ओर। जैसे समय कुछ पलों के लिए थम गया हो। जैसे दुनिया उस एक सेकेंड के लिए रुक गई हो। यह सब एकदम अप्रत्याशित था। चंदन के लिए भी और ख़ुद कीरत के लिए भी। एक क्षण के भीतर घटित हुआ यह ऐसा क्षण था, जिससे क्षणभर में दोनों के भीतर मौजूद ठोस लावा पिघल गया था। दोनों कुछ देर जस के तस खड़े रहे। एक-दूसरे

को देखते हुए। अपलक। फिर कीरत ने ही कहा, "जाओ भी अब"। और चंदन चला गया। कीरत से बिना कुछ कहे। कीरत ने दरवाज़ा बन्द कर लिया। उसकी ओट होने के बाद चंदन ने ख़ुद से कहा, "दुनियावाले यूँ ही लड़कियों को कमज़ोर साबित करने पर आमादा रहते हैं। लड़कियाँ लड़कों के मुक़ाबले कहीं ज़्यादा मज़बूत होती हैं। हर परिस्थिति में अपने आप को संभालने और उससे निकलने या उसमे ढल जाने का हुनर जानती हैं वो।" चंदन बंद दरवाज़े के उस ओर खड़ी लड़की के बारे में सोचते हुए मन ही मन बड़बड़ता हुआ चला गया।

वह दरवाज़े से लौटी। लेकिन अपने अतीत में। अमेय को भी तो वह गले लगाकर विदा देती थी। उसने एक बार फिर वॉट्सऐप खोला। वॉट्सऐप क्या, एक पूरा संसार खुल गया। अमेय का और उसका 'साझा संसार'। उसने सोचा, काश! ज़िन्दगी बस इतनी-सी आसान होती कि हम अतीत को वर्तमान बना पाते। अमेय से दूर होने के बाद से न जाने कितनी बार वह उस आख़िरी मैसेज को पढ़ चुकी थी, जिसके बाद वह कभी अमेय के घर नहीं गई थी। कीरत आज फिर एक बार अमेय के उस मैसेज को पढ़ने लगीः

"चंद सुखमय शामों में एक शाम और जुड़ गई। कोई मुझसे पूछे, मेरी जमा पूँजी, तो कहूँगा कि यही कोई सवा सात सुखमय शामें। जब पूछा था तुमने मुझसे, निकलते हुए, 'यू वॉन्ट समथिंग?' मैं करना चाहता था एक गहन आलिंगन। मैं भर लेना चाहता था सीने में वही सुगंध, जो बालों को खोल देने पर गर्दन के पास कानों के ठीक नीचे की ओर से आती है तुम्हारे। और चाहता था एक स्पर्श। दिल तो किया कि तुम्हारे गले लग जाऊँ, लेकिन नहीं। गले नहीं लगने की बेचैनी में जो सुख है, वो गले लगकर मिलने वाले चैन में नहीं। तुम्हें सीने से नहीं लगाने से भीगे आँख के कोने से लुढ़कते

मोती के गर्म स्पर्श में जो सुख है, वो तुम्हें सीने से लगाकर आँखों के मुस्कुराने में नहीं।"

अमेय का यह मैसेज उस चैट बॉक्स में आज तक कीरत के जवाब की राह देख रहा है। कीरत ने उस रोज़ जो ख़ुद को रोका, तो फिर आगे नहीं बढ़ पाई। बहुत बार दिल हुआ कि जवाब लिखे। लेकिन नहीं। वह हर बार ख़ुद को रोक लेती। लेकिन आज ख़ुद को रोकना उसके लिए बेहद मुश्किल हो रहा था। आज वह हर बार से ज़्यादा उद्वेलित थी। वह चैट बॉक्स से बाहर आई। ऑनलाइन टैक्सी स्टैंड पर गई। बैंडस्टैंड के लिए कैब बुक की। गोया अतीत को वर्तमान में उपस्थित करना चाहती हो। अतीत को वर्तमान में जीना चाहती हो। या कौन जाने कि अतीत से भेंट की आकांक्षा उससे यह सब करा रही हो। अतीत, जिसमें अमेय का साथ था। जिसमें प्रेम का अंकुरण हुआ था। उद्वेलित मन को अतीत की मधुर यादें सुकून पहुँचाती हैं। उसने शायद इसी उम्मीद में वहाँ जाना तय किया था कि अमेय उसे दोबारा मिल जाए। आख़िर छूट चुके सिरे को दोबारा पकड़ने के लिए उस बिंदु तक जाना पड़ता है, जहाँ से वह छूटा हुआ होता है।

कैब दो मिनट की दूरी पर थी। उसने ब्राउन रंग का अपना बैग उठाया और नीचे आ गई। कैब आ गई थी। वह बैठी और निकल पड़ी। अतीत के सफ़र पर। बैंडस्टैंड आने वाला था। उसने बैंडस्टैंड से कुछ दूरी पर कैब छोड़ दी। पैदल आगे बढ़ने लगी। ठीक वैसे, जैसे उन दिनों अमेय के आने की राह में वह दूरी तय किया करती थी। वह आगे ज़रूर बढ़ रही थी, लेकिन इस ऊहापोह के साथ कि वह आगे बढ़ रही है या पीछे जा रही है। क्या अतीत में जाना, पीछे की ओर जाना नहीं है? क्या बीता हुआ कल हमारे आज और आने वाले कल को सँवार सकता है? पैदल चलते हुए अपने आप से बातें

करती जाती कीरत को वो तमाम बातें याद आने लगीं, जो कभी अमेय से यहां हुआ करती थीं। हम जिस भी जगह जाएँ, वहाँ मिले लोग भले हमें भूल जाएँ, लेकिन क्या उन जगहों, उन सड़कों, उस मिट्टी, उस पानी, उन दरख़्तों, उन हवाओं, उन पत्थरों को हम कभी भुला पाते हैं, जहाँ हम उनसे मिले थे।

अमेय ने एक बार पूछा था, "तुम यूं पैदल क्यों मंडराती रहती हो। बैठ जाया करो।" और उसने जवाब दिया था, "इट फुलफ़िल्स मी विद ए सेंस ऑफ़ अकम्प्लिशमेंट। खाली बैठकर राह तकना मुझे निठल्लापन लगता है।"

आज भी तो वह एक राह को तय करने के मक़सद से यहाँ आई थी। मानो अमेय के छूटने का आख़िरी सिरा पकड़ने की कशिश हो या चंदन के अपनी ज़िन्दगी में दाख़िल होने का पहला सिरा पा लेने की कशमकश। आज उसे यहाँ कंधे से कंधा सटाये बैठे जोड़ों को देखकर हँसी नहीं आई। उसे याद आया कि जब वह पहली-पहली बार मुंबई आई थी, रोज़ाना उसे मरीन ड्राइव से लेकर बैंडस्टैंड तक एक तरह का यही दृश्य दिखाई देता था। उसने एक दिन अमेय से पूछ लिया था, "ये कौन लोग हैं जो सुबह-शाम, जब देखो यहाँ आकर प्रेमपाश में बिंध जाते हैं?" और अमेय ने कहा था, "ठरकी लोग।" और हम दोनों हँस पड़े थे। वह ख़ुद से बात करने लगी। दोनों के ठहाकों से उत्पन्न हुई तरंगें एक होकर अरब सागर की लहरों से टकराकर लौट आई थीं और हम कितनी देर तक साथ बैठकर हँसते रहे थे।

बैंडस्टैंड पर खड़ी कीरत ने महसूस किया कि आज यहाँ बैठे सारे जोड़े हँस रहे हैं। वह अरब सागर में अपनी और अमेय की मिश्रित हँसी को खोज रही थी। लेकिन न तो उसे अपनी हँसी सुनाई पड़ रही थी और न अमेय की। बल्कि उसे ख़ुद पर खीझ हो रही थी

कि उसने शायद नाहक ही अमेय पर इतना शक किया था। उसे अफ़सोस हुआ कि काश! वह अमेय पर यूँ शक न करती। क्या मालूम आज हम साथ होते।

शक अविश्वास से उपजी ऐसी लाइलाज बीमारी है, जो सब कुछ नष्ट कर देती है। उसके दिल में जैसे राग आसावरी बजने लगा। उसकी धड़कनें तेज़ होने लगीं। लेकिन अगले ही पल भ्रम ने अपना काम कर दिया। भ्रम वास्तविकता पर पड़े पर्दे को कभी हटने नहीं देता। इस पर्दे ने फिर एक बार उसे विजेता भाव से भर दिया कि अमेय उसके काबिल नहीं था। "ही इज़ ए चीटर। व्हाय शुड आई केयर फॉर हिम। मैं उसके बारे में सोच ही क्यों रही हूँ। मुझे नहीं सोचना चाहिए।" उसने अपने आप से कहा। फिर सोचने लगी कि उसने अच्छा किया उससे अलग होकर। वैसे भी, उस लिव-इन का भविष्य वह नहीं जानती थी। उसके कानों में गूँजा, "अच्छा या बुरा होना तो समय तय करता है।" अमेय नहीं था, लेकिन उसकी बातें, उसकी यादें मुसलसल साथ थीं। उसे सुनाई दी, मन पर अंकित इन पंक्तियों की अनुगूँज कि "हम किसी की उपस्थिति को भले ही रोज़ाना महसूस न कर पाएँ, लेकिन अनुपस्थिति पल-पल महसूस होती रहती है।"

बैंडस्टैंड पर खड़ी वह अमेय की अनुपस्थिति में उसकी उपस्थिति को महसूस कर रही थी। उसने छतरी खोली और बैंडस्टैंड पर सीसीडी की ओर बढ़ गई। बारिश तेज़ होने लगी थी।

अगस्त की बारिश

अगस्त का महीना है। बारिश हो रही है। कीरत बैंडस्टैंड पर सीसीडी में बैठी हुई है। उसने अपने लिए एक क्लासिक कैपचीनो ऑर्डर की। लेकिन कैपचीनो से पहले अमेय की स्मृतियाँ आ गईं। दुःख में अतीत की पगडंडी पर चलते हुए हम कई बार इतने दूर निकल आते हैं कि वर्तमान भी छूटने लगता है। आधुनिक मनोवैज्ञानिक बाज़ार में शायद इसी को डिप्रेशन की बीमारी कहा गया है। लेकिन कीरत डिप्रेशन में नहीं थी। हाँ, वह किसी मनोवैज्ञानिक क्लीनिक चली गई होती तो संभवतः डिप्रेशन की शिकार करार दे दी गई होती और अब तक दवाइयों के पत्ते उसकी मेज पर अपनी स्थायी जगह बना चुके होते। लेकिन वह तो अतीत के सफ़र पर थी। मधुर अतीत, जिसने उसके आज में संभवतः थोड़ी कड़वाहट घोल दी थी। इसी कड़वाहट को भुलाने तो निकली थी वह आज। वह याद करने लगी उस रात को, जब वह इंदौर से पहली बार मुंबई आई थी।

उस रात भी तेज़ बारिश हो रही थी। मुंबई शहर पर क़हर टूटा था। मुंबई लोकल बन्द कर दी गई थी। लोकल का बन्द होना, ज़िन्दगी का थम-सा जाना है। सड़कों पर कमर से ऊपर तक पानी भर गया था। कहीं किसी के मैनहोल में गिरने की ख़बरें थीं, तो कहीं बारिश में पुरानी इमारतों के ढह जाने से ज़मींदोज़ हुई ज़िन्दगियों की। अपने-अपने दफ़्तरों से दोपहर को ही पैदल निकल पड़े लोग रात तक घर नहीं पहुँचे थे। हर घर में एक डर था। किसी अनहोनी का। और ऊपर से दिल्ली में बैठे ख़बरिया

चैनलों के टीवी प्रोड्यूसरों और एंकरों की जमात, जिन्होंने मुंबई की बरसातें शायद ही कभी देखी थीं। उनके लिए कलीना और अन्धेरी सबवे में ज़रा-सा पानी भर जाना भी बाढ़ जैसे हालात पैदा होना हो जाता है। फिर आज की रात तो वाक़ई भारी थी। कहीं ख़बर चल रही थी कि बॉम्बे हॉस्पिटल के एक डॉक्टर साहब गुम हैं। कुछ देर बाद टीवी और सोशल मीडिया पर कुछ विजुअल फ्लोट होने लगे, जिनमें एक छतरी सड़क पर भरे पानी में बहती दिख रही थी। डॉक्टर साहब उसी रूट पर पैदल निकले थे। यह छतरी हू-ब-हू वैसी दिखती थी, जैसी डॉक्टर साहब लेकर निकले थे। उनकी तलाश जारी थी। मुंबई डूब रही थी। गहरी चिन्ता में।

वह उतरते अगस्त के आख़िरी दिन की ओर बढ़ती रात थी, जब कीरत इंदौर से 16:55 की फ़्लाइट पकड़कर मुंबई पहुँची थी। सारा अगस्त मानो उसी एक रात में बरस जाना चाहता था। फ़ोन वाइब्रेट हुआ और एएनआई के ट्वीट के नोटिफिकेशन की टोन से उसका ध्यान बँटा। उसने ट्वीट देखा, बारिश ने आज 7 साल का रिकॉर्ड तोड़ दिया था। वह मन ही मन अपने आप से बातें करने लगी, "7 साल बीत गए। कल की-सी तो बात लगती है। तब से अब तक तो बीएमसी की प्री-मॉनसून तैयारियाँ भी अच्छी-खासी अपग्रेड हो गई हैं।" वह महसूस करने लगी कि आज उसकी बेचैनी वैसे ही बढ़ रही थी, जैसे उस रात हवाईअड्डे से बाहर न निकलने की एडवाइज़री, अमेय से मिलने की बेक़रारी को बढ़ा रही थी। उसे याद आया, सात साल पहले #MumbaiRains ट्विटर का टॉप ट्रेंड था। बाढ़ मुंबई में आई थी या नहीं, वह नहीं जानती थी, पर ट्विटर पर ज़रूर आ चुकी थी और कीरत को चिन्ता के अन्धेरों में धकेल रही थी। उसने चाहा कि वह भी इस बारिश के साथ बह जाए और अमेय से जा मिले। उसने सोचा कि काश! वह कोई लहर होती और अमेय होता समंदर, जिसमें वह समा गई

होती। लेकिन फिलहाल यह सम्भव नहीं था। हवाईअड्डे पर हर कोई उसे अपनी ही तरह परेशान दिखाई दिया। अपनी बेचैनी से ध्यान हटाने के लिए वह अपने फ़ोन की गैलरी में गई और स्क्रॉल करते हुए शहडोल और इंदौर वाले पुराने दिनों को याद करने लगी। यूँ भी पुराने दिनों की सुन्दर यादों के उजाले अन्धेरों को रौशन कर देते हैं।

कीरत को याद आए वे दिन, जब वे दोनों एक ही क़स्बे में रहते थे। शहडोल में। लेकिन एक-दूजे से अनजान। फिर संयोग से एक ही समय में, एक ही कॉलेज में पढ़ने के लिए एक ही शहर को निकले थे। इंदौर। आईआईएम इंदौर के लिए। इंदौर से पहले आईआईएम लग जाना केवल इस शहर को विशेषण मिलना नहीं है। यह बच्चे से लेकर बच्चे के माँ-बाप और दूर के रिश्तेदारों तक के लिए एक गर्वीला विशेषण है। आईआईएम और आईआईटी वाले सारे शहर अपने इन विशेषणों पर इठलाते हैं। इंदौर में भी दोनों एक ही समय में, एक ही बस स्टॉप पर खड़े रहकर, एक ही रूट को जाने वाली, एक ही बस का इंतज़ार किया करते थे। दोनों कैम्पस के एकमात्र स्टोर से ज़रूरत का छोटा-मोटा सामान ख़रीदते थे। नज़र मिल जाती थी, ये अलग बात है। नज़रें मिलने पर कोई किसी से कुछ कहता नहीं था, ये अलग बात है। बात होने में समय लग गया था, ये अलग बात है। दोनों के बीच बातचीत का सिलसिला शुरू होने में तीन साल बीत गए थे। वह भी तब, जब छुट्टियों में इंदौर से शहडोल जाने के लिए दोनों एक ही ट्रेन पकड़ते थे। यह दोनों के भीतर का क़स्बा था, जो अब तक शहर होने से कतराता रहा था।

दोनों अपने-अपने क़स्बे से बाहर आने लगे। आईआईएम इंदौर की फ़िज़ा बदल गई। दोनों ने प्रबंधन के पाठ्यक्रम के साथ प्रेम

के पाठ पढ़े। अमेय एक साल सीनियर होते हुए भी उसके लिए बैचमेट सरीखा बना रहा। प्रबंधन का पाठ्यक्रम पूरा हो गया। प्रेम का पाठ जारी रहा। दोनों के दिल शहर हुए तो दोनों के शहर बदल गए। अमेय को कैम्पस प्लेसमेंट में मुंबई में एक बड़ी कंपनी में नौकरी मिल गई। ऊपरवाले ने हम सबकी पटकथा पहले से लिख रखी है। हम सब ज़िन्दगी के रंगमंच पर अपना-अपना किरदार अदा करते हैं। अभी अमेय को यहाँ सालभर ही हुआ था कि वही, कंपनी, वही कैंपस, वही प्लेसमेंट एक्सरसाइज़। और वही कीरत। दोनों की एक ही चाहत- ये प्लेसमेंट मिल जाए।

अमेय फोन पर घंटों कीरत को प्लेसमेंट इंटरव्यू की तैयारी कराता। आख़िरकार वो दिन आ गया। इंटरव्यू के दौरान आख़िर में कीरत से पूछा गया, "सो यू मे बी प्लेस्ड एट अवर इंदौर ऑफ़िस। विल दैट बी फाइन विद यू?" उसे समझ नहीं आया कैसे कहे कि उसे इस नौकरी की नहीं, मुंबई की ज़रूरत है। उसने कहा, "एक्चुली आई एम ओपन टू गो एनीवेयर। इफ देयर इज़ ए चॉइस, आई विल चूज़ मुंबई।" "बट वाय? यू आर ए यंग गर्ल एंड रिसाइडिंग इन इंदौर फॉर लास्ट फाइव ईयर्स। योर होमटाउन इज़ नॉट सो फार। गर्ल्स चूज़ टू स्टे निअर देयर होम। देन वाय मुंबई? एनी वेस्टेड इंट्रेस्ट? ऑर यू वॉन्ट टू ट्राई मॉडलिंग?" इंटरव्यू पैनल ने काउंटर सवाल दागा। कीरत के मन में मुंबई जाने और वहां रहकर काम करने का मौका छूट जाने का डर था। उसने एक गहरी साँस ली और कहा, "आई लव टू टेक चैलेंजेज़। आई हैव हर्ड, स्टेइंग इन मुंबई फॉर ए स्मॉल टाउन गर्ल लाइक मी, इज़ इटसेल्फ़ ए चैलेंज। आई वॉन्ट टू ब्रेक दिस बायस। एंड आई विल।" पैनल जवाब सुनकर ख़ुश हो गया और जवाब दिया, "वी विश यू सक्सेस।" कीरत ख़ुश होकर बाहर निकली और जो लंबी साँस उसने इंटरव्यू रूम में ली थी, उसे बाहर आकर छोड़ा और राहत की साँस ली। तुरंत अमेय

को फ़ोन लगाकर ब्यौरा दिया। दोनों ख़ुश थे। दो मिनिमम टाउन दिल अब मैक्सिमम सिटी होने वाले थे।

उन दिनों को याद कर वह अपने ही भीतर पिघलने लगी। लेकिन बारिश इतनी तेज़ थी कि सब कुछ जमता जा रहा था। सड़कों पर पानी, ट्रैफिक, लोग, और दोनों के दिल। न कहीं कोई रिक्शा था, न टैक्सी। ओला-उबर पर एक लाइन घूमती रहती और आख़िर में मैसेज फ्लैश होता- "एक्सपीरियंसिंग हाई डिमांड। देअर इज़ नो कैब नियर यू।" इस भारी बारिश में जो जहाँ था, वहीं अटका-सा रह गया था। पूरी मुंबई जैसे रुक गई थी। नहीं रुका था तो उनका लिखना। दोनों शहर के दो छोर पर थे। एक छोर से वो लिखता और दूसरे से वो। और वो मन ही मन कहती "थैंक्स टू इंटरनेट रेवल्यूशन"। मानो वॉट्सऐप इन दोनों के लिए ही लॉन्च हुआ था। वे दोनों इसका भरपूर सदुपयोग कर लेना चाहते थे। अमेय ने अपनी स्मार्ट सैलरी से एक स्मार्टफ़ोन कीरत को तोहफ़े में दिया था। यह वह दौर था, जब स्मार्टफ़ोन स्टेटस सिंबल हुआ करता था। और फिर इंटरनेट पैकेज भी आम आदमी की पहुँच से बाहर थे। कितनी ख़ुश हुई थी कीरत। वह अपने बैच की उन चंद लड़कियों में शुमार थी, जिनके हाथ में नौकरी से पहले स्मार्टफ़ोन था। लेकिन सबसे ज़्यादा ख़ुशी उसे इस बात की थी कि अमेय उसके पास था।

कैपचीनो का आख़िरी घूँट इतना कड़वा था कि कीरत वर्तमान में लौट आई। एक कोयल भीगती हुई सीसीडी वाले गुलमोहर पर आ बैठी। लगातार बरसता पानी हर तीन-चार मिनट में रुक-रुककर तेज़ हो जाता और कोयल इधर-उधर फुदकते हुए कुछ कूक उठती। पर कोयल की बोली का अनुवाद अब कौन करे। जंगलों की बस्तियाँ हमने ख़ुद उजाड़ी हैं। बैंडस्टैंड

के इस गुलमोहर पर यह कोयल कीरत को अक्सर दिख जाती थी। दोनों ने कंक्रीट के जंगल के बीच अपने रिश्ते को बचाकर रखा था। उसने अपने आप से सवाल किया, "लेकिन मेरा और अमेय का रिश्ता?" वह तो क़स्बाई प्रेम के एहसासों से बुना था, जिसमें हाथ से हाथ छू जाने की सनसनाहट भी महीनों महसूस होती थी। उसमें नब्बे के दशक के फ़िल्मी गानों की चंचलता थी और समानान्तर सिनेमा की वफ़ादारियाँ थीं। उनका प्यार तो वो वाला प्यार था, जिसमें प्रेमी अपनी प्रेमिका की पायल की झनकार भी सहरा से चुराकर लाता था। वह सोचने लगी, "आज किसी और की छत पर मेरा चाँद क्यों चमकने लगा।" फ़ेसबुक और इंस्टाग्राम से आते नोटिफ़िकेशन की टन-टन की आवाज़ बार-बार उसका ध्यान फ़ोन की ओर खींच रही थी, लेकिन अमेय उसके मन से नहीं निकल पा रहा था और अब मारिसा भी अमेय के साथ आ गई थी।

अन्तरंगता

न बारिश थमने का नाम ले रही थी और न कीरत के मन का तूफ़ान। मन के तूफ़ान रेतीले होते हैं। एक बार उठने लगें तो थमने में समय लग जाता है। वातारवरण धूल-धूसरित हो जाता है। मन के तूफ़ान को दबाने के लिए उसने बैंडस्टैंड पर सीसीडी में बैठे-बैठे दूसरी क्लासिक कैपचीनो ऑर्डर की। टिशू पेपर उठाया। पर्स से पेन निकाला और उस पर कुछ लकीरें खींचने लगी। लकीरें खींचने से टिशू पेपर पर निगेटिव स्पेस बनने लगा। उस निगेटिव स्पेस से उसे मारिसा का चेहरा उभरता दिखाई दिया। मारिसा। अमेय के दफ़्तर की सबसे बिंदास लड़की, जिससे बात करने की तमन्ना हर कोई रखता। मारिसा और अमेय। एक दफ़्तर, एक शिफ़्ट। दोनों आमने-सामने बैठते। दोनों के बीच केवल 24 कदमों की दूरी रहती। साथ-साथ दफ़्तर से निकलना और सवेरे की पहली चाय साथ-साथ पीना। दफ़्तर में दबी जुबान दोनों के चर्चे भी ख़ूब होते। कॉर्पोरेट शास्त्रों में इसी को गॉसिप कहा गया है। चाय की सिप की तरह तकरीबन हर कोई बातों की सिप लेना सीख जाता है। हालांकि मारिसा और अमेय के सम्बन्धों पर इन सब चर्चाओं का कोई असर नहीं पड़ता। वे अपनी धुन में मस्त, वैसे ही रहते। साथ-साथ। आसपास। दोनों में नज़दीकी ऐसी थी कि एक ट्रेन में होते, पर चार डिब्बों की दूरी साथ की दूरी को बराबर बनाए रखती। चार मील की दूरी दोनों के घरों के बीच रहती, लेकिन उनके मन जैसे रेल की पटरी की तरह समानान्तर रहते। और इन्हीं दूरियों के दरमियान रहती रात। रात कब आकर साँझ को

अन्धेरे की चादर ओढ़ा ले जाती, चाँद कब खिड़की के रास्ते आकर उसके कंधे पर सिर रखकर सो जाता, सुबह कब आकर रात को रुख़सत कर देती, दिन अपनी रेतीली मुलायमियत हथेलियों पर छोड़ कब फिसल जाता, किसी को पता नहीं चलता। इन दोनों को भी पता नहीं चला कि कब एक वॉट्सऐप विंडो ने कितने एहसासों के दरवाज़े खोल दिए थे और दोनों के बीच की दूरी को सिंगल टैप भर की दूरी में बदल दिया था।

कॉर्पोरेट गॉसिप में अपना स्थान बना चुके इन दोनों नामों को अब सवालों का सामना करना था। इनके रिश्ते को दफ़्तर के लोगों ने एक चिरंतन सवाल के दायरे में बाँध दिया था। जब हम अपने मन के प्रतिकूल किसी बात को घटित होते हुए देखते हैं तो सवाल उत्पन्न होने लगते हैं। फिर कॉर्पोरेट के लोग तो अपने मन के इतना कुछ प्रतिकूल होते देखते हैं कि अमेय और मारिसा उनके लिए आसान टार्गेट थे। लोग आपस में सवाल करते और आपस में जवाब भी दे लेते। और फिर आता वही घिसा-पिटा सवालनुमा जवाब कि क्या एक लड़का और लड़की कभी केवल दोस्त हो सकते हैं? लेकिन मारिसा और अमेय के लिए इससे भी बड़े कई सवाल थे। सवाल थे कि अगर लड़का और लड़की केवल दोस्त हो सकते हैं, तो उस होने का दायरा क्या होता है। अगर कोई दायरा होता है तो यह दायरा तय कौन करता है? वे दोस्त ख़ुद या फिर वह समाज, जिसमें वे रहते हैं? या फिर वह समाज, जिससे वे आए हैं? या फिर वह समाज, जिससे उनके साथ काम करने वाले लोग आए हैं? अगर होता है कोई दायरा, तो उसकी लक्ष्मण रेखा कैसे खींची जाती है? और अगर खींची जाती है इस तरह की कोई रेखा, तो यह खींचता कौन है? हवा में लटकते ऐसे सैकड़ों सवाल थे, पर किसी भी रिश्ते के मूल में रहने वाला प्रेम नामक तत्त्व सवालों के घेरे कहाँ जानता है। सवाल

उठाने वाले लोग उस मूल तक नहीं पहुँच पाते। न ख़ुद प्रेम कर पाते हैं और न किसी प्रेमिल रिश्ते को प्रेम भाव से देख पाते हैं। वैसे भी प्रेम सवालों की बारिशों के घेरे नहीं जानता। उसके लिए तो हर बारिश सावन का मेघ होती है।

उस रात भी बहुत तेज़ बारिश हो रही थी। दफ़्तर में एक-दूजे के सामने बैठने वाले मारिसा और अमेय आँखों ही आँखों में बातें कर रहे थे। अमेय से केवल चौबीस कदमों की दूरी पर बैठी मारिसा ने इंटरकॉम उठाया और अमेय का नम्बर डायल किया। अमेय ने आईडी कॉलर पर नंबर देखा। रिसीवर उठाकर कान पर लगाया। सामने से एक मीठी-सी आवाज़ आई, "आँखों का, आँखों द्वारा, पढ़ लिया जाना, पढ़ने का सुंदरतम रूप है।"

"अच्छा! तो तुम्हें याद है मेरी कविता?" अमेय ने ख़ुश होते हुए पूछा?

"अरे बस एक ही लाइन याद है।" मारिसा ने कहा।

"अच्छा तो बताओ, क्या पढ़ा तुमने?" अमेय ने पूछा।

"तुम्हारी बेक़रारी मेरी जान।" मारिसा ने कहा।

"और ये बेक़रारी किसके लिए है?" अमेय ने फिर पूछा।

"ऑब्वियसली कीरत के लिए। और क्या मेरे लिए होगी?" मारिसा ने हँसते हुए कहा।

"क्यों? तुम्हारे लिए नहीं हो सकती?" यह कहते हुए अमेय ने नज़रें मारिसा के चेहरे पर टिका दीं और जैसे आँखों में डूबकर पूछा। मारिसा भी कहाँ रुकने वाली थी। कोई उसे चुनौती दे रहा हो और वह उसे यूँ ही निकल जाने दे, ये मारिसा की प्रकृति नहीं है।

मारिसा ने फ़ोन रखा। पैरों से अपनी कुर्सी को ज़रा पीछे की ओर धकेला। खड़ी हुई और अमेय की डेस्क के सामने रखी कुर्सी पर बैठ गई। अपनी दोनों कुहनियों को डेस्क पर टिकाया। हथेलियों से जैसे पुष्पदल बनाया और उसपर अपना चेहरा टिकाकर, आँखों में आँखें डालते हुए पूछा, "अच्छा! अब बताओ।" अमेय को लगा जैसे सरोवर में शतदल खिला है। अमेय ने इब्ने इंशा का सहारा लेते हुए उसकी आँखों की तारीफ़ में कहा, "फ़र्ज़ करो ये नैन तुम्हारे सचमुच के मयख़ाने हों..."

"तो तुमको इस मयख़ाने में बैठकर पीना है?" मारिसा ने अमेय को छेड़ते हुए पूछा।

"फ़र्ज़ करो तुम्हें ख़ुश करने के ढूँढ़े हमने बहाने हों..." अमेय ने उसे चिढ़ाने के अन्दाज़ में कहा।

"लात खाओगे अब तुम। हाँ नहीं तो..." मारिसा ने चिढ़कर हँसते हुए कहा।

अमेय ने भी हँसते हुए पूछा, "तुम जाती क्यों नहीं हो अपनी सीट पर? तुम्हें क्या चाहिए?"

"मुझे चाँद चाहिए"। मारिसा ने अमेय की डेस्क के पीछे की ओर रखी किताबों में हिन्दी की इकलौती किताब की ओर इशारा करते हुए कहा। इससे पहले कि अमेय कुछ कहता, वह इसरार कर बैठी कि किताब से वही हिस्सा सुना दे, जो उसे सबसे प्रिय है। अमेय को याद आया कि उसी के कहने पर मारिसा ने हिन्दी की ये एकमात्र किताब जैसे-तैसे पढ़ी थी। उसने पीले पड़ चुके पन्नों वाली यह किताब उठायी, जो उसे उम्र में बड़े, फिर भी सबसे अज़ीज़ मित्र ने भेंट की थी। किताब का पेज नम्बर 47 खोला और बाँचने लगा- "हर व्यक्ति के साथ कितना कुछ गोपनीय

होता है। सतह के ऊपर किसी से मिलते हुए, उसके बारे में बहुत कुछ जानते हुए भी हम उसके अन्तर्मन के गहन कोनों से कितने अनजान रहते हैं, और हमें इसका भान भी नहीं होता। गलियारे में रजिस्टर लिए जातीं, अभिवादन का मुस्कान से जवाब देतीं, मिस कत्याल को देखकर क्या कोई सोच सकता है कि ऐसी मोहक युवती के साथ निद्राहीन रातें जुड़ी हैं और उनके पीछे एक प्रेमी है। मिस कत्याल ने उसे अपना राज़दार बनाया। उसे मीठा लगा। बाँटना और क्या है? दूसरे को अपनी अन्तरंगता की परिधि में शामिल करना।"

मारिसा ने उसे रोका और कहा, "मेरी अन्तरंगता की परिधि में तुम शामिल हो।" फिर उसकी मेज़ पर रखा एक तरफ़ प्रिंट किया हुआ काग़ज़ उठाया। हरे रंग का हाइलाइटर लिया। काग़ज़ को पलटा और कोरे वाले हिस्से पर बड़े-बड़े आकार में प्रतीकात्मक भाषा में लिखा- कोलन, सिंगल इन्वर्टेड कॉमा, कोष्ठक बन्द:') और आँखों में नमी-सी भर मुस्कुराते हुए उठकर चलने लगी। एक बार फिर पलटकर उसने अमेय को देखा और अमेय ने उसकी आँख से लुढ़कते मोती को, जो उस काग़ज़ पर अंकित था।

लेकिन जिस रात यह सब घटित हो रहा था, उसी रात कीरत मुंबई आई थी। यह वही रात थी, जब कीरत मुंबई हवाईअड्डे पर बैठी इंदौर की अपनी पुरानी यादों में खोई हुई थी। यह वही रात थी, जब बारिश और कीरत की बेक़रारी दोनों बढ़ती जा रही थी।

बाँटना

कीरत अब भी मुंबई हवाईअड्डे पर बारिश के थमने और अमेय के अपने दफ़्तर से निकलने का इंतज़ार कर रही थी। दफ़्तर में मारिसा और अमेय एक-दूसरे के सामने बैठे इंतज़ार के इन लम्हों को बाँट रहे थे। अमेय के सामने कुर्सी खींचकर बैठी मारिसा वहाँ से उठकर जा चुकी थी और अपनी सीट पर बैठ गई थी। उसने 24 कदमों की दूरी से अमेय को देखा। अमेय ने अपनी मेज़ पर रखे कुछ काग़ज़ों के बंडल से एक और काग़ज़ निकाला। अपने बाएँ हाथ को मेज़ से हटाया और नीचे कर लिया। मारिसा ने सोचा शायद दराज़ खोल रहा है। अमेय ने दराज़ खोली और पेन निकाला। मारिसा ने देखा कि अब उसके हाथ में उसी का दिया पार्कर पेन था। वह समझ गई थी कि अमेय कुछ ख़ास लिखने जा रहा है। वह उस काग़ज़ पर लिखने लगाः

"मैं जो कुछ भी लिख रहा हूँ, वो महज़ ली हुई साँसें हैं। की हुई बातें हैं। साथ-साथ देखा शरद की पूनम का चाँद है। जागती रातें हैं। उन जागती रातों की कुछ करवटें हैं। भागती सुबहें हैं। अलसायी गर्म दुपहरियाँ हैं। उदास शामें हैं। भारी बरसात है। उसमें किया हुआ इंतज़ार है। जिया हुआ साथ है। और हैं, तुम्हारे स्पर्श में लिपिबद्ध चंद अक्षर।"

उसने चाहा तो यह था कि इस पन्ने की फोटो क्लिक कर कीरत को भेज दे। उसने क्लिक भी किया। फ़ोन की गैलरी में गया और शेयर बटन पर टैप करता, उससे पहले मुंबई पुलिस के ट्वीट

का नोटिफिकेशन स्क्रीन पर फ्लैश हुआ, "सी-लिंक इज़ ओपन्ड नाउ"। उसने ट्वीट भी पूरा नहीं बढ़ा। दराज़ खोली और काग़ज़ को वहाँ पहले से रखे कुछ और काग़ज़ों में सबसे ऊपर रख दिया। वह चाहते हुए भी उस लम्हे की अन्तरंगता की परिधि में कीरत को शामिल नहीं कर पाया।

आज अगर अमेय यह लम्हा कीरत से बाँट पाता, तो यह कहानी किसी और मोड़ पर होती। लेकिन जीवन में बहुत बार ऐसा होता है कि हम कुछ कहना चाहते हैं, कुछ बाँटना चाहते हैं, पर वह लम्हा चला जाता है और लौटकर नहीं आता। या ऐसा भी होता है कि उस लम्हे में, कोई दूसरा व्यक्ति प्रवेश पा जाता है। अमेय के इस लम्हे में कीरत को होना था। लेकिन उसने गाड़ी की चाभी उठायी और जाते हुए मारिसा से कहा, "सी-लिंक खुल गया है। मुंबई पुलिस का ट्वीट है। मैं चलता हूँ। तुम भी निकलो रूट देखकर। घर पहुँचकर मैसेज कर देना।"

मारिसा ने कहा, "वो तो दिखा दो कि लिखा क्या था, काग़ज़ पर।" "भेजता हूँ", कहकर वहाँ से निकल गया। लिफ़्ट में जाते हुए पहले कीरत को मैसेज लिखा, "आय हैव लेफ्ट। वेट फ़ॉर मी एट द एयरपोर्ट।" फिर लिफ़्ट से निकलते हुए मारिसा को उस काग़ज़ का फोटो भेज दिया और कीरत के जवाब का इंतज़ार करने लगा। गाड़ी तक पहुँचते-पहुँचते कीरत का लाल गाल वाली मुस्कुराती स्माइली के साथ जवाब आया, "ओकीज़"। उसने अंडरग्राउंड पार्किंग से गाड़ी निकाली और दफ़्तर के परिसर से निकलकर सड़क पर आ गया।

सड़क पर ट्रैफ़िक था। जगह-जगह पानी भरा हुआ था। डीज़ल-पेट्रोल ख़त्म होने, या भीतर पानी घुस जाने के कारण सैकड़ों कारें बन्द पड़ गई थीं। जाम की आधी वजह यह भी थी। जगह-जगह

लोग सड़क पर फँसे अनजान लोगों के लिए चाय-बिस्किट से लेकर पूरी-भाजी तक के साथ बाहर आ गए थे। एक निःस्वार्थ मदद के लिए। बदले में मदद पाने की किसी सम्भावना और भावना के बिना। ख़ुद पानी में खड़े होकर, दूसरों को पानी से बचकर निकलने की राह दिखाने के लिए। मुंबई ऐसी ही है। जब विपदा आती है, तो एकजुट हो जाती है और विपदा को रातों-रात मात देकर सुबह अपनी रफ़्तार से दौड़ने लगती है।

लेकिन अमेय अभी कीरत की ओर दौड़ रहा था। उसने चाहा कि काश, वो उसके साथ होती। बीत चुकी रात के बाकी बचे हिस्से में दोनों बाइक से कहीं घूमते रहते। थककर घर पहुँचते। वो उसके पैर धोता। अपने पैरों से। दो जोड़ा पैर कुछ देर गर्म पानी में डूबे रहते। और वो प्रेम में...।

उधर, हवाईअड्डे पर लगातार कैब बुक करने की कोशिश में लगी कीरत को भी सफलता मिल गई। उसने फ़ोन किया, "कैब मिल गई है अमेय। मैं सीधे घर आ जाती हूँ। वैसे भी देर बहुत हो गई है और जाम-वाम भी रहेगा सड़कों पर। खामख़्वाह और देर होगी।" अमेय ने कहा, "अरे यार! मैं आ तो रहा था। तुम जानती हो मुंबई का क्या हाल है। बीच सड़क पर सैकड़ों गाड़ियाँ बन्द पड़ी हैं। क्यों रिस्क ले रही हो।"

परेशान अमेय को शान्त करने के क्रम में कीरत गुनगुनाने लगी, "कैसा ये इश्क़ है... अजब सा रिस्क है..."। कीरत की ऐसी अदाओं पर अमेय अक्सर, "तुम भी ना" कहकर आगे बढ़ जाता। आज भी बोला, "तुम भी ना... अच्छा ठीक है। आओ तुम। और रास्ते में ज़रा भी गड़बड़ लगे तो तुरन्त फ़ोन करना। अपनी लाइव लोकेशन शेयर करके रखो मुझे और ट्रिप भी। मुझे अभी 45 मिनिट्स दिखा रहा है।"

कीरत ने कहा, "मुझे भी। ऑलमोस्ट सेम।" "ओके।" इस छोटे से संवाद में मिलने की कितनी बड़ी ख़ुशी छिपी थी, यह केवल वे दोनों जानते थे। सालभर हो गया था दोनों को जुदा हुए। ख़ुश होना स्वाभाविक था। मिलने की ख़बर मिलना प्रेमीजनों को मिलने से ज़्यादा ख़ुशी देती है। अमेय कीरत के ख़याल में चले जा रहा था। इतने में उसकी कार के वॉटर बोटल होल्डर में रखे फ़ोन की स्क्रीन रौशन हुई। उसने नाम स्क्रीन पर नाम देखा- मारिसा। नाम के नीचे बना दिल देखा। वह समझ गया कि मारिसा ने उस काग़ज़ के फोटो के जवाब में धड़कते दिल वाला स्टिकर भेजा है। इस वक़्त वहाँ तीन दिल एक साथ धड़क रहे थे। एक अमेय का, जिसे न केवल कीरत की चिंता थी, बल्कि मिलने की बेक़रारी उसे नर्वस किए जा रही थी। एक मारिसा का, जो अभी-अभी इस लम्हे में दाखिल हुआ था। और एक कीरत का, जो अमेय के दिल के साथ जुड़ा था। ये दो दिल तो अदृश्य थे, लेकिन मारिसा का दिल अमेय के फ़ोन की स्क्रीन पर चमक रहा था। और अमेय उसी धड़कते दिल को लिए कीरत की ओर बढ़ रहा था, जो करीब 12 महीने बाद उससे मिलने वाली थी। अब वो कैंपस वाले कीरत और अमेय नहीं थे। एक ही दफ़्तर वाले अमेय और कीरत होने वाले थे। वही दफ़्तर, जहाँ मारिसा भी थी।

सपना

बारिश हल्की हो गई थी। लेकिन बैंडस्टैंड पर सीसीडी में बैठी कीरत का मन अब भी भारी था। वह अब भी ख़यालों के भँवर में डूब-उतर रही थी। करीब डेढ़ घंटे से सीसीडी में बैठी। उठने का मन नहीं हुआ। उसने अपने लिए एक और क्लासिक ऑर्डर कर ली। फिर आँखें बन्द कीं और शरीर को थोड़ा नीचे की ओर धकेल कर सिर पीछे कुर्सी पर टिका लिया। उसके मन के पर्दे पर उस तूफ़ानी रात के बाद आई सुबह की रील चलने लगी। अमेय और कीरत मुंबई में पहली बार मिल रहे थे।

अमेय तो जैसे सब भूल गया था। सामने कीरत जो थी। वह बस उसे देखता रहा था। वे दोनों बाकी बची रात बाइक पर तो नहीं घूमे थे, लेकिन अमेय ने पैरों से पैरों को धोने की ख़्वाहिश पूरी कर ली थी। अमेय बातें करते-करते सो गया था। कीरत का ध्यान अमेय के फ़ोन पर गया। नोटिफ़िकेशन बार को देखने के बाद वह नींद में जागी ज़्यादा, सोयी कम।

अमेय के नोटिफिकेशन बार में मारिसा का दिल अब भी धड़क रहा था। उस दिल के ठीक ऊपर थी, अमेय की लिखावट। इसका स्क्रीनशॉट कीरत के दिल की गैलरी में सेव हो गया था। वह इस लिखावट को कैसे भूल सकती थी। इस लिखावट में सैकड़ों चिट्ठियाँ आज भी उसके पास रखी हैं। अमेय पर न जाने नींद की ख़ुमारी थी या वह कीरत के आग़ोश में इस कदर नीम-बेहोशी में सोया था कि कीरत के साथ होते हुए भी उसी का

सपना देख रहा था। गोया अब भी यक़ीं न कर पाया हो कि कीरत उसके पास है।

और सपना भी बीते साल की यादों का। इससे बेख़बर कि वह जिस घड़ी जो सपना देख रहा है, ठीक उसी घड़ी, कीरत का वही सपना धीरे-धीरे टूटकर बिखर रहा है। पता नहीं, कीरत का सपना टूट रहा है या कीरत ख़ुद।

अमेय का सपनाः

"पूरी रात बारिश हुई है। अमेय ने सारी रात जागकर एक ख़त लिखा है। कीरत को। हर अक्षर बूँदों-सा। लयात्मक। इंतज़ार करता रहा है वह। सुबह के होने का। पहली डाक से इस ख़त को निकालने की बेचैनी ने उसे बरसात की इस रात में सोने नहीं दिया। वॉट्सऐप के नए-नए और ईमेल के पुराने हो चुके ज़माने में भी ये कीरत और अमेय थे, जिनके ख़त मुंबई से मिनी मुंबई की यात्राएँ किया करते थे। ताकि एक रोज़ वे उदय प्रताप सिंह जी से मिलें, और उन्हें बता सकें कि उन्हें भी मालूम है, कैसे रखा जाता है ख़त में कलेजा निकाल के।

अमेय सड़क पर दौड़ रहा है। बदहवास। रात भर जागकर लिखे ख़त को लिए। उसने पहली डाक से यह ख़त निकाल दिया। फिर थोड़ा सुस्ता लेने के इरादे से डाकघर की सीढ़ियों पर बैठ गया। उसकी आँख लग गई। वह सपना देखने लगा। उसकी डाक इंदौर पहुँच गई है।

डाकिया उसकी चिट्ठी लिए कैम्पस में पहुँच गया है। लेकिन यह क्या! इंदौर में भी अचानक भारी बारिश शुरू हो गई। कीरत के लिए लिखा एक-एक हर्फ़ बारिश में घुलकर पूरे कैम्पस में फैल गया। कीरत अपने कमरे से निकली तो उस ख़त के कुछ शब्द

उसकी पायल बन गए। साँवले पैरों पर नीले शब्दों की पायल। अहा! कितनी दिलकश।

कोई हर्फ़ बिंदिया बनकर उसके माथे पर सज गया, तो कोई गले का लॉकिट बनकर उसके सीने पर ठहर गया। शब्दों के गहनों से लकदक हैरतअंगेज़-सी हुई कीरत ने आईना देखा। उसे अपने बदन पर अमेय की लिखावट में हर्फ़ दिखाई देने लगे। उसने शब्दहार पहन लिया। आँखों में दिल भर लाई।

अमेय ने उसके लिए शब्द कानन रचा है। वह उन शब्दों के साथ बैठी मुस्कुरा रही है। उसके शब्द उसके बदन की भीनी ख़ुशबू से महक रहे हैं। और उनका शब्द कानन, उसकी और शब्दों की मुस्कुराहट जनित हर्ष से सुवासित है।"

अमेय सपने में उस सपने से जागता है। देखता है कि चार दिन की छुट्टी है। अगली डाक चार दिन बाद निकलेगी। वह छटाँक भर मायूसी के साथ उस ख़त को लेकर लौट आता है। इस ख़याल से कि कीरत मुंबई आ रही है। उसे मिलकर यह ख़त देगा। और देखेगा, कैसे कीरत उसके शब्दों से श्रृंगार करती है।

यह सिर्फ़ वही जानता है कि उसने सालभर पहले एक रात एक ख़त लिखा था। लेकिन कभी पोस्ट नहीं कर पाया। इस डर से कि कीरत दूर है। न जाने मारिसा के बारे में पढ़कर वह क्या सोचने लगे। उसने मारिसा से मिलवाना चाहा था कीरत को। उसी ख़त के ज़रिए। लेकिन वह ख़त आज भी अमेय के दफ़्तर की मेज़ की दूसरी दराज़ में रखा है। वैसे ही, जैसे रखे हैं चंद और काग़ज़, जिनमें दर्ज हैं न जाने कितनी बातें, जो उसने कभी किसी से कही नहीं हैं। किसी से बाँटी नहीं हैं। उसकी अंतरंगता की एक परिधि वह दराज़ भी बनाती है। न जाने हम सबकी अंतरंगता की कितनी

परिधियाँ होती हैं। हम नींद में कोई सपना देखते हैं और सपने में उस परिधि के केंद्र में खड़े रहते हैं। फिर कोई उस परिधि में प्रवेश करने का प्रयास करता है तो नींद टूट जाती है। अमेय की नींद टूट गई। वह झटके से उठ बैठा। कीरत सामने खड़ी थी। वह मंद-सा मुस्कुराया। अपने सपने पर। फिर कीरत को सामने पाकर उसकी मुस्कान चौड़ी हो गई। उसने कीरत की ओर बाहें फैला दीं। कीरत उसके पास बैठ गई। वह उसे रात का सपना सुनाने लगा। लेकिन कीरत कुछ अनमनी-सी दिखी। सपने से जागा अमेय एक और सपना देख रहा था। और कीरत का एक सपना जैसे टूट रहा था।

यथार्थ

अमेय कीरत को जितना जानता था, उससे ज़्यादा उसकी आँखों और मुस्कुराहट को जानता था। उसकी ख़ुशी को जानता था, उदासी को पहचानता था। वह सपना सुना रहा था। वह सुन रही थी। मुस्कुराई थी। मंद-सी। होठों को ज़रा सा खोलकर। यह मुस्कुराहट आँखों तक नहीं पहुँच पाई थी।

अमेय खोज रहा था, वही आँखें। आँखें, जो उससे बातें करते हुए अनूठे तरीके से पनीली हो जाती थीं। उनमें सपने तैरने लगते थे। आज कीरत की आँखों में पानी तो दिखा, पर अलग। ऐसा लग रहा था, जैसे सपने डूब रहे हों। अमेय को कुछ समझ नहीं आया। समझ तो कीरत को भी कहाँ कुछ आया था।

अमेय ने कीरत के दिल को टटोला। पूछा, "क्या हुआ? रात नींद नहीं आई?"

वो बोली, "नहीं, नहीं। आई।"

"तो कोई और बात है?"

"नहीं, कोई बात नहीं है।"

"अरे! ऐसे कैसे कोई बात नहीं है। होनी चाहिए न कोई बात। सालभर बाद मिल रहे हैं हम।" अमेय ने अपने हाव-भावों में मस्ती भरने की अतिरिक्त कोशिश करते हुए कहा।

"जी नहीं। सालभर बाद नहीं, बस कुछ घंटों की नींद के बाद।" कीरत ने भी इठलाने की कोशिश की।

"ओह या! यू आर राइट। इट इज़ सो ब्यूटीफुल टू हैव यू बिसाइड मी। लेकिन यार तुम तो जानती हो, नींद और दिल पर किसी का ज़ोर नहीं होता।

"हाँ, सही कह रहे हो। तुम्हारा तो दोनों पर कंट्रोल नहीं है। तुम सो सकते हो। कभी भी, कहीं भी। दिल कहीं भी लग सकता है तुम्हारा।"

"तुम नहीं समझोगी। मैंने ये बारह महीने कैसे काटे हैं, कैसे तुम्हारी राह देखी है।"

"नहीं अमेय। मैं समझ सकती हूँ। इन फैक्ट, अब तो अच्छे से समझ आ गया है।" इतना कहकर उसने बाल्कनी के स्लाइडिंग दरवाज़े पर लगा पर्दा हटाया और बाहर की ओर देखने लगी। आसमान में बादल छाए हुए थे। ठीक वैसे, जैसे उसके मन में। बाहर-भीतर, दोनों ओर पानी गिर रहा था। बाहर की तुलना में भीतर बहाव ज़्यादा था। अमेय को कुछ अटपटा-सा महसूस हुआ। वह कल्पना भी नहीं कर सकता था कि कीरत के मन में इस वक़्त क्या चल रहा है। लेकिन उसे इतना विश्वास ज़रूर हो गया था कि कहीं कुछ ठीक नहीं है। बहुत सोचने पर भी नहीं सोच पा रहा था कि आख़िर कीरत के इस अनमनेपन की वजह क्या हो सकती है। सो उसने उसी से फिर पूछा, "क्या हुआ है कीरत। अनमनी-सी हो। तुम वो नहीं, इंदौरी। कहाँ है वो हँसती-चहकती मेरी इंदौर वाली कीरत?"

"मैं तो पहले जैसी हूँ अमेय। एक बार तुम अपने आप को देखो। कहीं तुम्हारा इंदौरी मन, बंबइया तो नहीं हो गया।"

"कैसी बातें कर रही हो यार। कुछ बात है? कुछ कहना चाहती हो?"

"नहीं तो। ऐसा तो कुछ नहीं है।"

"देखो, अगर मन में कुछ है तो बोल दो। मन की बातें मन में नहीं रखते हैं। कह देते हैं।"

"नहीं अमेय। बहुत बार कहना ज़रूरी नहीं होता। मन की बातें मन में रख लेना कई बार अच्छा भी होता है। बातें हमारे मुँह से निकलने से पहले मन में आती हैं। हम ज़ाहिर कर देते हैं, तो वो ज़्यादा पावरफुल हो जाती हैं। ज़्यादा स्ट्रॉन्ग। इसलिए कुछ बातों को कहने से बचना चाहिए। इग्नोर करना चाहिए। लेट गो करना चाहिए। सो, लेट इट गो।"

"तुम ठीक कहती हो। पर सोचने का नज़रिया है। मन में दबाकर रखने से मन भारी रहता है। इसलिए बोल देना चाहिए। कह देने से मन हल्का हो जाता है। कहने के तरीके जुदा हो सकते हैं। पर कह देना ख़ुशी के रास्ते पर चलना है।"

"नहीं, आई एम नॉट अग्री विद इट। और मैं बोलना भी नहीं चाहती हूँ अमेय।"

"चलो इतना तो कंफर्म हुआ कि कुछ बात है।"

"तुम दिमाग़ मत लगाओ ज़्यादा। कोई बात नहीं है। ज़बर्दस्ती कोई बात क्रिएट करने की कोशिश मत करो।"

"देखो कीरत! कई बार ऐसा होता है कि हम कुछ करना चाहते हैं। पर ख़ुद से कहने लगते हैं कि नहीं यार, नहीं करना। ऐसा करते समय दरअसल हम अपने मन को समझाने लगते हैं। ये

दिलासा देने जैसा होता है। नहीं कहना कोई समाधान नहीं है। असल में हमारे दिल में वो बात बैठ चुकी होती है। बस हम कह नहीं पाते। न ख़ुद से। न किसी और से। और जिस दिन मन को पक्का कर कह लेते हैं, मन में जमी बर्फ़ का पहाड़ पिघल जाती है। मन की मिट्टी नम हो जाती है। नरम हो जाती है। इसलिए बोल दो।"

"तुम चुप रहो। सुबह-सुबह अपनी बातों में मत फँसाओ।"

"तो फिर एक काम करो। वादा करो कि बाद में बता दोगी।"

"हाँ वादा। वक़्त आने पर बता दूँगी।"

"वक़्त कभी नहीं आता है पगली! इंदौर की याद आई है?" अमेय ने छेड़ते हुए पूछा।

"अरे वहाँ से तो आ रही हूँ। इतनी जल्दी क्यों याद आएगा इंदौर?"

"क्या मालूम! यू माइट हैव सम रीज़न। मिल गया हो कोई सबब, इंदौर की याद सताने का?" अमेय ने ज़रा भारी हुए माहौल को हल्का करने के लिए चुहल भरे अन्दाज़ में पूछा।

"अच्छा! सालभर में तुम्हें भी कोई वजह मिल गई, मुझे याद न करने की?" कीरत ने कुछ सशंकित-सी होकर कहा।

"ये तुम बेहतर जानती हो। मुझसे क्यों पूछती हो।" अमेय ने तपाक से कहा।

"अच्छा, फिर चिट्ठियाँ लिखनी क्यों बन्द कर दीं तुमने? पहले तो बड़ा अमृता और इमरोज़ की चिट्ठियाँ पढ़वाते रहते थे मुझे। अपनी चिट्ठियों के बहाने।"

"अब कैसे समझाऊँ तुम्हें कि दो टकिया की नौकरी में कैसे लाखों का सावन स्वाहा हो जाता है। अब आ गई हो, ख़ुद देख लेना।" इतना कहकर अमेय फिर से हँस दिया।

"डायलॉगबाज़ी बन्द करो। और वैसे भी ये बहुत घटिया था। लाखों का सावन, दो टकिया की नौकरी। कुछ अच्छा नहीं सोच सकते तुम? कुछ नया।"

"अच्छा बाबा। माफ़ करो। कुछ अच्छा डायलॉग मारेंगे अगली बार। बिगड़ती क्यों हो।"

"और क्या कह रहे थे, ख़ुद देख लेना। ख़ुद तो देख ही लूँगी। पर बेहतर होगा कि तुम ख़ुद बता दो।"

"क्या बताना है कीरत? और तुम ख़ुद क्या देख लोगी। ज़रा खुलकर कहो ना जो कहना चाहती हो।"

"मैंने कह लिया जो कहना था अमेय। कहने-सुनने को ज़्यादा कुछ बचा नहीं है अब। पहले देख-भाल लूँ ज़रा सब कायदे से। वैसे, हम दोनों के लिए अच्छा तो यही होता कि तुम ख़ुद बता देते ईमानदारी से सब।"

"कैसी बहकी-बहकी बातें कर रही हो कीरत। क्या बता देता?" अबकी बार अमेय ज़रा चिढ़-सा गया।

"मैं बहकी-बहकी बातें कर रही हूँ या तुम बहक गए हो अमेय?" कीरत ने खीझकर कहा। फिर अगले ही पल उस खीझ को छिपाते हुए बोली, "ख़ैर! जाने दो। जब तुमने अब तक नहीं बताया तो अब भी क्या ही बताओगे। जाने दो। कोई बात नहीं। मुझे ही

कुछ करना होगा। बाय द वे! चाय उबल रही है।" कहकर कीरत उठकर चलने लगी।

अमेय ने उसका बायाँ हाथ थामकर उसे वापस बैठा लिया। फिर समझाने की कोशिश करते हुए उसके चेहरे के पास अपना चेहरा लाकर, दोनों हाथ थामकर कहने लगा, "कीरत! कह देने में सुख है। जो सोचती हो, उसे कह दो। जब कह पाओगी, तो कर भी पाओगी। कह देने में ख़ुशी है। सरलता है। पानी जैसी सरलता। पानी को देखो। जैसे-जैसे जगह मिलती है, रास्ता बना लेता है। क्योंकि वो सरल है। तुम भी सरल हो जाओ। जटिलताएँ ख़ुद-ब-ख़ुद ख़त्म हो जाएँगी। तुम ख़ुशी पाओगी। और ये जो उदास-सी आँखें लिए बैठी हो सवेरे से, इनमें ख़ुशी की वही चमक लौट आएगी।"

"ये पक्का तुम्हारा नहीं है अमेय। कहाँ से चुराकर लाए हो, सच बताना। तुम तो ऐसे नहीं बोलते थे। दिस इज़ नॉट योर कप ऑफ़ टी।" कीरत ने कहा। लेकिन चाय के उबलने का बहाना बनाकर कमरे से ऐसे निकली जैसे ख़ुद उबल रही हो। अविश्वास की लौ से जली क्रोध की अग्नि में।

मुंबई ने कीरत का स्वागत कुछ ऐसे ही किया था। यह तो सुबह से लगी बूँदों की झड़ी थी, जो मानो कीरत की आँखों का पानी अपने साथ बहा ले जा रही थी। उस पर रविवार भी था, सो दोनों के पास बतकही की सम्भावनाएँ अधिक थीं। लेकिन दोनों चाय का कप थामे, बाल्कनी में शान्त स्वर में खड़े, बारिश को गिरते देखते रहे।

दोनों अपने-अपने सपने से बाहर आ रहे थे। दोनों यथार्थ के धरातल पर थे। दोनों का धरातल एक होते हुए भी आज यथार्थ एक-दूसरे से भिन्न हो गया था। शायद एक छत के नीचे रहने वाले सब लोगों का

यथार्थ एक-दूसरे से भिन्न होता है। और सम्भवतः यही वजह है कि सब लोग अपने-अपने नज़रिये से सच को देखते हैं।

सच एक ही होता है, लेकिन सबके हिस्से का एक अलग सच हो जाता है। एक सच के दो, और कभी-कभी दो से ज़्यादा पहलू हो जाते हैं। ठीक वैसे, जैसे मारिसा को लेकर एक सच कीरत का है, जो उसने अपने सीने में दफ़्न कर लिया है। एक सच, अमेय का है, जो उसके सीने में धड़कता है। एक और सच है, जो मारिसा के दिल की सन्दूक में बन्द है।

ख़ालीपन

सुबहें प्रायः रातों का भारीपन सोख लिया करती हैं। लेकिन सोमवार की यह सुबह कुछ भारी-सी थी। बीती दो रातों के कुछ निशां इस पर अंकित रह गए थे। सुबह अपने वक़्त पर थी। और वे दोनों भी। दोनों समय पर दफ़्तर पहुँचे। यह कीरत का पहला दिन है। उसे सबसे मिलना है। अमेय यहाँ उसका सीनियर है। आज केवल कीरत की जॉइनिंग नहीं है। उसके साथ 15 नए लोग और आए हैं।

कीरत गाड़ी से उतरी। रिसेप्शन की ओर बढ़ी। अमेय ने गाड़ी पार्किंग की ओर घुमा ली। मारिसा ने अमेय की गाड़ी से किसी लड़की को उतरते देखा। पहचान लिया कि ये कीरत है। उसने अमेय को लिखा, "जाते नहीं कई रिश्ते पुराने से, किसी नये के आ जाने से।"

अमेय पढ़कर मुस्कुराया। जवाब में लिखा, "तुम तो जानती हो, कीरत से रिश्ता पुराना है।"

"हाँ, जानती हूँ। तभी तो लिखा।" फिर उसे लगा जैसे अमेय कुछ उल्टा समझ रहा है। उसने फिर लिखा, "एक मिनट। तुमने क्या समझा?"

अमेय झेंप गया। जवाब में लिखा, "अरे, सॉरी। मैं कुछ और... जाने दो न।"

"तुम लड़कों की यही दिक्कत है साला। अबे घोंचू मैं कह रही थी कि साल भर से मैं तुम्हारे साथ हूँ, पर देखो, कीरत ने क्या किस्मत पाई है, सीधे तुम्हारे घर में घुस गई।"

"हाहाहाहाहा।" अमेय हँस दिया।

"हाहाहाहाहा।" मारिसा भी हँस दी।

किसी भी बात पर दोनों तरफ़ से हँस लिया जाए तो बात आई-गई हो जाती है। यह बात भी आई-गई हो गई। लेकिन कौन जानता है कि कुछ बातें आई-गई नहीं होतीं, बल्कि आती-जाती रहती हैं। ताउम्र।

दफ़्तर में शिफ्टिंग हो रही है। नये लोगों को बैठाने का इंतज़ाम किया जा रहा है। उनके लिए स्पेस बनाया जा रहा है। इस प्रक्रिया में बहुत से लोगों की सीट बदल रही है। मारिसा की जगह भी बदलने वाली है। अमेय ने हॉल में नज़र घुमाई। उसे उदासी और धूल दिखाई दी। यह एक एमएनसी का दफ़्तर है, जहाँ सब कुछ 'मैनेज' कर सकने वाले धुर-धुरंधर बैठते हैं। बाहर से आने वाली हवाओं के सारे रास्ते बन्द हैं। फिर भी कुछ फ़ाइलों पर धूल जम गई है। वैसे ही, जैसे दिमाग़ की भीतरी तहों पर जम जाती है। काम में न आने पर।

अमेय खिड़कियों को देखने लगता है। ये कार्टनों से अटी पड़ी हैं। हॉल में अफरा-तफरी है। आसपास उदासी है। धूल धूसरित। हल्का शोरगुल। कार्टन भरे जा रहे हैं। सामान से। नहीं, शायद भावनाओं से। ऐसा उसने सोचा।

पैरों में हाई हील। काला ट्राउज़र। सफेद शर्ट। काला जैकेट। पीछे की ओर कसकर बाँधे बाल। आँखों पर चश्मा। और आत्मविश्वास

से भरी चाल। अमेय ने देखा मारिसा उसकी ओर आ रही है। उसने मेज़ का सहारा लिया। दोनों हथेलियां मेज़ पर टिकाकर खड़ी हो गई। उंगलियों से मेज़ के नीचे वाले हिस्से को बजाते हुए गुनगुनाने लगी, "अच्छा तो हम चलते हैं।"

अमेय ने भी उसी अन्दाज़ में पूछा, "फिर कब मिलोगे..."

"जब तुम कहोगे..." और दोनों हँस दिए।

मारिसा बढ़ गई। अपनी कुर्सी की ओर। नये ठिकाने पर जाने के लिए। जाने से पहले समेटने लगी, उन बातों को, स्माइलियों को, जो चौबीस कदमों की दूरी में बिखरी थीं। मारिसा अब जगह छोड़ने की अन्तिम क्रिया को अंजाम दे रही थी। उसने लैपटॉप शटडाउन कर डिस्कनेक्ट किया। दूसरी ओर से कीरत आती दिखी। उसे लगा, जैसे अमेय से डिस्कनेक्ट हो रही है।

उसे अमेय की कोई पुरानी बात याद आ गई। चैटबॉक्स खोला। सर्च पर टैप किया। कुछ शब्द टाइप किए। अमेय के उस मैसेज तक गई। उसमें लिखा था, "कोई है जो मेरी आँखों में देखे? ग़ौर से। मुझे नींद नहीं आ रही है। पर आँखें बन्द हुए जा रही हैं। अपने आप। लग रहा है, जैसे किसी ने स्लो पॉयज़न दे दिया हो।"

मारिसा ने आज इस पर टैप कर 'रिप्लाई' लिखा, "सोचती हूँ, जैसे यहाँ इसी कुर्सी पर बैठे-बैठे आँखें बन्द हो जाएँ। और उंगलियाँ की-बोर्ड पर ठहर जाएँ। क्योंकि अब कोई नज़र उठकर सामने की ओर नहीं जाएगी। और न सामने से इस ओर आएगी।"

कीरत आ चुकी है। अमेय के साथ खड़ी है। अमेय ने उसे मारिसा से मिलवाया। मारिसा तो अमेय की बातों में कीरत से मिल चुकी

थी। हालांकि यह कीरत की भी मारिसा से दूसरी मुलाक़ात थी। एक रात पहले तो मिली थी वह उससे। अमेय के फ़ोन में धड़कते उस दिल के मार्फ़त।

जब किसी के लिए दिल में पहले से कोई आग्रह होता है, तो उस आग्रह के जाल को तोड़कर बाहर निकलना इतना आसान नहीं होता है। और यह आग्रह भी काल्पनिक होता है। वास्तव में वास्तविकता से इसका कोई वास्ता हो, ऐसा बड़ा दुर्लभ होता है। दोनों अपनी इस पहली मुलाक़ात में एक-दूसरे से मुस्कुराकर मिलीं और दोनों को जोड़ने वाला पुल बना अमेय।

हालांकि कीरत ने बहुत औपचारिक बातचीत की। फिर उन दोनों के बीच से तेज़ी से निकल गई। और यह पुल थरथराकर रह गया। अमेय को याद आई दुष्यन्त कुमार की वो पंक्तियाँ, "तू किसी रेल सी गुज़रती है... मैं किसी पुल-सा... थरथराता हूँ...।"

मारिसा की जगह बदल चुकी है। अमेय ने पूछा, "कैसी है नई जगह।" उसने लिखा, "जगह तो ठीक है। जगहें सारी ठीक होती हैं। हम ख़ुद को एडजस्ट नहीं कर पाते हैं तो जगह को दोष देने लगते हैं।"

अमेय ने मुस्कुराते इमोटिकन के बाद लिखा, "और सामने कौन है।"

"सामने ख़ालीपन है।" मारिसा ने अंग्रेज़ी वर्णमाला के P से पहले ऊपर-नीचे दो बिंदियाँ लगाकर लिखा।

अमेय ने लिखा, "मुझे बिंदी एक ही पसन्द है। बारीक भौहों के बीच दमकती महीन-सी बिंदी।"

अमेय ने कभी मारिसा से सीधे उसका नाम लेकर इस तरह की कोई बात नहीं कही थी। हालांकि मारिसा ने कभी इस बात को लेकर ऐतराज़ भी नहीं जताया था। बल्कि उसे अच्छा लगता था। दुनिया की नज़र में यह फ्लर्ट हो सकता था। पर उन दोनों के लिए क्या था, वे इस बारे में सोचते नहीं थे। दोनों नहीं जानते थे कि वे किस ओर बढ़ रहे हैं। वे तो यह भी नहीं जानते थे कि वे बढ़ रहे हैं या फिर जिस ओर बढ़ चुके थे, वहाँ से लौट रहे हैं। और लौटने की प्रारंभिक प्रक्रिया शुरू हो चुकी है। लौटना एक लंबी प्रक्रिया का हिस्सा है, फिर चाहे वह अपनी जड़ों की ओर लौटना हो या अपने दिल की ओर। कई बार इस प्रक्रिया की शुरुआत सायास करनी पड़ती है और कई बार अनायास ऐसे संयोग बन जाते हैं। संयोग जीवन का हिस्सा होते हैं। यह भी संयोग था कि कल तक जहाँ मारिसा बैठती थी, आज वहाँ कीरत बैठने लगी है। हो सकता है कि आपको सुनने में यह किसी दीवाने लेखक की फेंटेसी लगे। मुझे यहीं याद आती हैं, अमृता प्रीतम की ये पंक्तियाँ कि "हक़ीक़तों की हदबन्दी से घबराकर तलाश की हुई एक चीज़ होती है, फेंटेसी। पर सोचती हूँ जो गंभीरता से पाया जाता है, वह इससे भी आगे है। इसलिए तुम्हारा ज़िक्र उससे आगे है। बियॉन्ड फेंटेसी।"

यह कहानी अब आप सबके सामने घट रही है। मारिसा बियॉन्ड फेंटेसी है या अमेय ख़ुद मारिसा की फेंटेसी है। कहीं ऐसा तो नहीं कि अमेय नहीं समझ पा रहा हो कि मारिसा उसकी फेंटेसी है या फिर कीरत। या कहीं ऐसा हो कि मारिसा, कीरत, अमेय, चंदन सब बियॉन्ड फेंटेसी हैं, एक-दूजे के लिए?

बीइंग अलाइव इज़ ए किलर

कीरत। अब भी अपने में गुम। बैंडस्टैंड पर सीसीडी में बैठी तीन कप कॉफ़ी और अपने कीमती ढाई घंटे ख़र्च कर चुकी। बारिश थम गई थी, पर बहुत सारी उमस और उदासी छोड़ गई थी। कीरत उसी उदासी से घिरी बैठी थी। बैठे-बैठे सोचते हुए उसे ख़याल आया, उदासियाँ प्यार का बाय-प्रोडक्ट हैं। और प्यार के बारे में यह उसका नया ईजाद है।

प्यार के साइड-इफेक्ट्स तो सब जानते हैं। वह प्यार के बाय-प्रोडक्ट्स के बारे में सोच रही थी। "लेकिन प्यार क्या कोई प्रोडक्ट है, जिसका बाय-प्रोडक्ट भी होता हो?" उसे अपने इस नये ईजाद पर हँसी भी आई और हैरानी भी हुई। "कुछ भी सोचती हो कीरत", उसने ख़ुद से कहा। वह थोड़ी और अनमनी हो गई। आज वह जो कुछ भी सोच रही थी, उसका मन उसमें साथ नहीं दे रहा था। उदास मन वैसे भी ख़ुशियों का साथ कहाँ साथ देता है। वह तो उदासी में डूब जाने के लिए उदासियाँ ही खोजता रहता है। और उसका उदास दिल कुछ भी मानने को तैयार नहीं था। वह न तो यह मान रहा था कि अमेय को उससे प्रेम नहीं। और न यह कि उसने अच्छा किया अमेय से अलग होकर। और न यह कि वह अमेय से अलग होकर ख़ुश है। लेकिन आज बारिश में भड़की चिंगारी ने उसके मन के पारे को बढ़ा दिया। उसके एक मन ने कहा, "अमेय को फ़ोन कर ले। एक बार बात तो करनी चाहिए। देखना तो चाहिए कि आख़िर वो कहता क्या है।" लेकिन दूसरे

मन ने उसे ऐसा करने से रोक लिया। तर्क किया, "वो भी तो कर सकता था फ़ोन। उसने क्यों नहीं किया आज तक? क्या उसे प्यार नहीं है? उसने नहीं किया, इसका मतलब वो डेडिकेटेड नहीं था। तुम क्यों करने लगी उसे फ़ोन। ना, नहीं करना।"

हम सबके दो मन होते हैं। दोनों मन एक जैसी बातें नहीं करते। ये दो मन, मन नहीं, हमारे भ्रम हैं। मन तो ईश्वर ने एक बनाया है। हमने एक मन की दो अवस्थाएँ बना ली हैं। एक विश्वास। दूसरी अविश्वास। बात बस इतनी सी होती है कि हम कब मन की किस अवस्था में पहुँचते हैं। विश्वास ख़ूबसूरत होता है। अविश्वास बदसूरत। चाहे वह ख़ुद पर हो या किसी साथी पर या किसी और पर। यही सब सोचते हुए वह सामने मेज़ पर रखे फ़ोन को उठाकर अमेय के नम्बर तक गई। लेकिन लौट आई। मन की दूसरी अवस्था ने उसे फिर धकेल दिया। उस नम्बर तक पहुँची। वहाँ से लौटी। इस एक क्षण में उसकी उंगलियों ने एक दूसरे नाम पर टैप कर दिया। उसने फ़ोन को कान पर लगाया। घंटी जा रही थी।

"हाँ, क्या हुआ?" चंदन ने कॉल उठाते हुए कहा। अभी कुछ देर पहले की तो बात है, जब वह कीरत के घर से आया था।

"कुछ नहीं। तुम बैंडस्टैंड आ सकते हो?"

"अभी?"

"हाँ अभी।"

"अरे यार... अभी कैसे... पर क्या तुम वहाँ हो?"

"हाँ"

"लेकिन कैसे, मेरा मतलब है, क्यों?"

"क्या, क्यों, कैसे ही करते रहोगे या आओगे? पहले तो कभी नहीं बुलाया ना? पहली बार कह रही हूँ। न आ सको तो कोई बात नहीं है।" कीरत ने थोड़ा बिगड़ते हुए कहा।

"यार एक ज़रूरी मीटिंग भी थी।"

"अच्छा चलो जाने दो। नो प्रॉब्लम।"

"अरे लेकिन सुनो।"

"बाय।" कहकर कीरत ने बिना कुछ सुने फ़ोन रख दिया।

कीरत का फ़ोन वाइब्रेट हुआ। वह उठाकर कुछ बोल पाती, उससे पहले ही उसे आवाज़ सुनाई दी, "कहाँ मिलोगी?"

"ताज के सामने वाला बस स्टॉप?" कीरत ने बताने के अन्दाज़ में पूछा।

चंदन ने "ठीक है" कहकर फ़ोन रख दिया। अपनी मीटिंग रीशेड्यूल की। बांद्रा स्टेशन उतरा। ऑटो पकड़ा। और बढ़ गया। बैंड स्टैंड की ओर। इससे बेख़बर वह बैंड स्टैंड की ओर बढ़ रहा है या कीरत की ओर। उसे यह भी लगा कि कीरत उसकी ओर बढ़ रही है। लेकिन कीरत किस ओर बढ़ रही थी, यह तो वह ख़ुद भी नहीं समझ पा रही थी। इसी ऊहापोह में वह सोचने लगी, "ये क्या किया। चंदन को क्यों बुला लिया। अब बुला लिया है तो उसे सब बता दूँगी।" आख़िर अतीत के धागों से वर्तमान को कब तक बाँधकर रखा जा सकता है। फिर भी कोई बात थी। कुछ था, जो उसे वह सब करने से रोकता था, जो वह करना चाहती थी।

यह क्या था? क्या यह विश्वास था? कि अमेय एक रोज़ लौट आएगा!

क्या यह संशय था? कि चंदन उसके अतीत के बारे में जानकर क्या सोचेगा!

क्या यह डर था? कि कहीं वह चंदन को भी खो न दे!

लेकिन चंदन उसे मिला कहाँ था, जो वह उसे खोने के बारे में सोचने लगी थी। उसकी उधेड़बुन जारी थी। और वह टहलते हुए ताज वाले बस स्टॉप पर आ चुकी थी। उसने सामने से चंदन को ऑटो से उतरते देखा और दूसरी ओर से एक टैक्सी को आते। उसने टैक्सी को रोका। ड्राइवर के बगल वाली आधी खुली खिड़की की ओर बढ़ी। ज़रा-सा नीचे झुककर ड्राइवर से कुछ कहा। तब तक सड़क पार करके वहाँ पहुँच चुके चंदन को टैक्सी के दूसरे दरवाज़े से बैठने का इशारा किया। दोनों बैठे। गाड़ी चल पड़ी। गाना बज रहा था, "मैं ज़िन्दगी का साथ निभाता चला गया...।" ड्राइवर ने आवाज़ थोड़ी कम कर दी।

चंदन ने पूछा, "कहाँ जा रहे हैं हम?"

कीरत ने कहा, "घर।"

"फिर तुमने मुझे यहाँ क्यों बुलाया?" वह चौंका। उसकी नज़र ड्राइवर पर गई, जो आँख चुराकर शीशे से पीछे की सीट पर घटित होती इस घटना को चोर नज़रों से देख रहा था। उसने ड्राइवर से कहा, "ऐ भाई... तुम सीधे देखकर गाड़ी चलाओ ना।"

कीरत अब भी खोयी-खोयी सी थी। पीछे छूटते बैंडस्टैंड को देख रही थी या न जाने अमेय को। उसने अपने पर्स से सिगरेट का पैकेट निकाला। इसमें केवल एक सिगरेट थी। चंदन ने उसे ऐसे देखा, गोया उसने ख़ुद कभी सिगरेट न पी हो। कीरत ने अपनी ओर की खिड़की का शीशा नीचे किया। सिगरेट सुलगाई। एक लंबा

कश खींचा। होठों को अंग्रेज़ी के 'स्मॉल ओ' के आकार का बनाया। और धुएँ को खिड़की से बाहर फेंकने लगी।

चंदन ने कहा, "टोबैको इज़ ए किलर।"

कीरत ने कहा, "बीइंग अलाइव इज़ ए किलर।"

दोनों ने मुराकामी की 'मेन विदआउट वीमेन' साथ-साथ बैठकर पढ़ी थी। रात-रात भर जागकर किताबें पढ़ना उनका शगल था। आधी-आधी बाँचकर। एक बाँचता। दूजा सुनता। चंदन को मिसाकी याद आई। दोनों ने काफुकु और मिसाकी के ऊपर लिखे इस संवाद की अदायगी की।

लेकिन चंदन अगले ही पल काफुकु के किरदार से बाहर आया। उसकी तर्जनी और मध्यमा के बीच फँसी सिगरेट को ऐसे निकाला, जैसे वह अतीत और वर्तमान के बीच फँसी कीरत को वहाँ से निकाल रहा हो।

अतीत बनाम वर्तमान

सिगरेट के धुएँ के साथ काफ़ी चुक उड़ गया था। टैक्सी सोसायटी के बाहर आकर रुक गई। कीरत ने अपने बाएँ कंधे पर लटके पर्स से पैसे निकाले। टैक्सी वाले को भाड़ा दिया। दोनों सोसायटी के दरवाज़े की ओर बढ़े। देहरी को पार करते हुए दोनों के दाहिने पैर एक साथ उठे। दोनों ने एक-दूसरे को देखा। दोनों के पैर एक साथ ज़मीन पर पड़े। दोनों ने फिर एक-दूसरे को देखा। और अबकी बार मुस्कुरा दिए।

मुस्कुराहटें छोटे-छोटे पलों में छिपी होती हैं। बस महसूस करने की ज़रूरत होती है। कीरत ने सोचा। चंदन ने अपने कदमों को ज़रा-सा धीमा कर लिया। और कीरत आगे निकल गई। कीरत ने मुस्कुराकर चंदन को देखा। उसे अमेय दिखाई दिया।

वही अमेय जिसने कीरत को न जाने कितने मोर्चों पर इसी तरह आगे बढ़ाया था। ख़ुद को धीमा कर। और उसे पता भी नहीं चलने दिया था। चंदन अब पीछे रह गया। और अमेय उसके साथ चलने लगा। दोनों घर पहुँचे। कीरत ने ताला खोला और बैठक में दाखिल होते ही सामने लगे सोफ़े में धँस गई। चंदन ने बैग रखा और कीरत से पूछा, "चाय पीनी है?" कीरत ने कहा, "पी लेंगे।" और ब्लूटूथ ऑन कर मन्द स्वर में कुमार गंधर्व लगा दिया। अमेय का पसन्दीदा।

चंदन ने चाय चढ़ा दी। वापस कीरत की ओर मुड़ा और देखा कि कीरत ने आँखें बन्द कर ली हैं। वह गर्दन को सोफ़े पर पीछे की

ओर टिकाकर आधी लेटी और आधी बैठी है। उसे इस तरह क्लान्त देखकर चंदन धीमे कदमों से उसके पास गया। अपनी आवाज़ में कुछ अतिरिक्त नरमी भरी। और पूछा, "क्या बात है कीरत। कुछ.... परेशान-सी दिख रही हो।"

कीरत ने सोफ़े पर खिसक कर नीचे की ओर जा चुके अपने शरीर के आधे हिस्से को थोड़ा ऊपर की ओर उठाते हुए आँखें खोलीं। आधी लेटी वाली अवस्था से बाहर आई। और बोली, "नहीं! कुछ भी तो नहीं।"

"अरे, कुछ तो।"

"न न, नथिंग।"

"कहती हो तो मान लेता हूँ। लेकिन मन नहीं मानता। मेरा"

"मन बहुत बार बहुत कुछ नहीं मानता है चंदन। मन को समझाना पड़ता है।"

"तो क्या तुमने अपने मन को समझा लिया है?"

"किसलिए?"

"अरे तुमने ही तो कहा कि कोई बात नहीं है और फिर ये भी कहा कि मन को समझाना पड़ता है। तो क्या तुमने अपने मन को समझा लिया है कि कोई बात नहीं है?"

"तुम बातें बहुत पकड़ते हो यार। मैं तुम्हें अपने मन को समझाने की बात कर रही थी।"

"मैं अपने मन के नयनों से तुम्हारे मन को पढ़ रहा हूँ। सब देख रहा हूँ।"

"और क्या दिखाई दे रहा है तुम्हें?"

"मुझे दिख रहा है, तुम्हारे मन में कोई ज्वार उठा है।"

"कहीं तुम कोई चश्मा लगाकर तो नहीं देख रहे?"

"अच्छा बेटा, मेरी बिल्ली, मुझे ही म्याऊँ?" चंदन ने भारी हुए माहौल में थोड़ी हँसी घोलने की कोशिश करते हुए कहा।

"मैं कोई तुम्हारी बिल्ली-विल्ली नहीं हूँ। और तुमने बात क्यों नहीं की मुझसे इतने दिनों से?" कीरत ने ज़रा नाराज़गी भरे अन्दाज़ में चंदन से पूछा।

चंदन ने चौंककर पूछा,"ओ हेलो मैडम... बात नहीं की मतलब? कितने दिन से बात नहीं की?"

कीरत को झटका लगा। जैसे ऊँचे भवन की मुंडेर से किसी ने उसे धक्का मार दिया हो। कीरत अब फिर एक बार अपने मन को समझाने की कोशिश करने लगी कि सामने अतीत नहीं, वर्तमान है। हमें वर्तमान का भान होता है, तो भविष्य की कल्पना करने में जुट जाते हैं। पर अतीत की ज़मीन को नहीं छोड़ते।

उसे यह जानकर हैरानी हुई कि सामने चंदन बैठा है और वह उसमें अमेय को देख रही थी। वह यह सोचकर और परेशान हो गई कि आज भी इस कदर अमेय के प्यार में कैसे डूब सकती है कि उसे सामने बैठा लड़का अमेय नज़र आए। उसने ख़ुद को सम्भाला। चंदन को उसके मन की किसी भी अवस्था के बारे में कुछ भी पता न चले, इस कवायद में बोली, "कहाँ बात कर रहे हैं। कितने दिन हुए, ठीक से बात किए।"

वो बोला - "कितने दिन।"

वो बोली - "बहुत दिन।"

वो बोला - "बहुत दिन कितने दिन होते हैं।"

वो बोली - "उतने ही, जितने दिन बात नहीं होती।"

वो बोला - "और बात कौन नहीं करता?"

वो बोली - "मैं इसमें नहीं पड़ना चाहती कि बात कौन नहीं करता। बात बस इतनी-सी है कि बात नहीं हुई।"

वो बोला - "और बात नहीं होने की कोई वजह?"

वो बोली - "हाँ, है ना वजह।"

वो बोला - "बताओ, क्या वजह है।"

वो बोली - "बात नहीं होना।"

और चंदन हँस दिया। वह भी हँस दी। और फिर दोनों खिलखिलाकर हँसने लगे।

चंदन ने एकदम से हँसना बन्द कर अपना सारा साहस जुटाकर कहा, "कीरत! तुमसे कुछ कहना था।"

वो भी किसी लता की भाँति ज़रा-सी झुकी और बोली, "कहो ना।"

वो कहने लगा, "सुबह बड़ी बेचैनी थी। मन जैसे रेगिस्तान हो उठा था। यहाँ से जाने के बाद मैं न जाने कितनी बार डायल लिस्ट में तुम्हारे नाम तक गया। लेकिन वहाँ पहुँचते ही एहसास हुआ कि मृग मरीचिका हो तुम। रेगिस्तान में यूँ भी पानी कहाँ होता है।"

"हाहाहाहा..." वो हँसती हुई-सी बोली, "तुम्हें ऑफिस जाना था ना?"

वो बोला, "हाँ।"

"तो फिर भागो यहाँ से। नॉनसेन्स।"

"बॉस को फोन कर देता हूँ। अब जाने का मूड नहीं है। कह देता हूँ कि कहीं फँस गया हूँ।"

"कहाँ फँस गए हो?" उसने इतराकर कहा।

"तुम्हारी आँखों के जंगल में।" चंदन ने प्यार से कहा।

"दुष्यंत कुमार की लाइनें चुराकर मुझ पर मार रहे हो। अभी तो वो कॉपीराइट फ्री भी नहीं हुए हैं।" कीरत ने हँसकर कहा।

"तो क्या केवल वरुण ग्रोवर का अधिकार है, इन पंक्तियों पर। हम भी दुष्यंत कुमार से प्रेरित के डिस्क्लेमर के साथ तुमसे इसरार करते हैं।" चंदन ने भी हँसकर कहा।

"फिलहाल तुम्हें अपने बॉस से इसरार करना है। नॉनसेन्स।" कीरत ने उसे याद दिलाया।

चंदन ने बॉस को फोन लगाया और 41वें सेकेंड में रख दिया। कीरत से कहा, "जाना होगा।"

"क्या हुआ?"

"कुछ नॉनसेन्स ही हो गया है यार। आकर बताता हूँ।" यह कहते हुए वह बैग उठाने लगा।

"और चाय, चाय भी नहीं पिलाओगे अब तुम मुझे?" कीरत ने उसे रोकने के बहाने कहा।

"चाय यार तुम पी लो प्लीज़। जाना ज़रूरी है अभी। मुझसे पी नहीं जाएगी चाय। लेकिन तुम ज़रूर पी लेना। शहद भी डाला है मैंने उसमें।" यह कहते हुए वहाँ से निकल गया।

कीरत ने दो कपों में चाय छान ली। एक कप को मेज़ पर रखा और दूसरे से पीने लगी। जब कभी अमेय की ज़्यादा याद सताती तो वह दूसरा कप भी मेज़ पर रख लेती। अमेय की अनुपस्थिति में वह इसी तरह चाय पर उसे उपस्थित कर लिया करती थी।

आउट ऑफ़ साइट, आउट ऑफ़ माइंड

कीरत के घर से चंदन दफ़्तर के लिए निकला। लेकिन केवल उसका शरीर दफ़्तर पहुँचा। उसका मन कीरत के मन की खूँटी पर कहीं अटका रह गया। उसने अपने शरीर को कुर्सी पर छोड़ दिया। अपना लैपटॉप मेज़ पर रखा। बॉस के क्यूबिकल में गया। बॉस ने बाक़ायदा अपनी कुर्सी से उठकर चेहरे पर मुस्कान के साथ उसके स्वागत में हाथ बढ़ाया। दो हाथ मिले। अमेय को दो हाथों के अलग होने का एहसास हुआ। बॉस ने "कॉनगरैचुलेशंस" कहते हुए उसे एक लिफ़ाफ़ा थमाया। उसने लिफ़ाफ़ा खोला। कागज़ बाहर निकाला। पहली लाइन पढ़कर मुस्कुराया। प्रमोशन की ख़बर थी। पर आगे तबादले की सूचना भी थी। प्रमोशन स्थान परिवर्तन भी साथ लाता है, अब तक तो यह फौज में सुनता आया था। वह थोड़ा अनमना-सा हो गया।

आदेश को पढ़ने के बाद उसने बॉस से कहा, "थैंक यू सर! थैंक यू सो मच!"

बॉस ने कहा, "यू आर वेलकम चंदन। वेल डिज़र्व्ड प्रमोशन।"

"आई वॉज़ ईगरली वेटिंग फॉर दिस डे सर, बट सडनली दिस ट्रांसफ़र?"

"यस चंदन। यू हैव डन ए गुड जॉब इन महाराष्ट्र। यू शुड बी हैपी दैट मैनेजमेंट हैज़ शोन ट्रस्ट इन यू, एंड गिविंग यू ए रेस्पॉन्सिबिलिटी

ऑफ़ कर्नाटका रीजन। बैंगलोर इज़ ए ब्यूटीफुल सिटी। यू विल एन्जॉय।"

चंदन ने मन में कहा, इतना ही अच्छा है तो ख़ुद चले जाओ ना यार। ख़ुद हिलना नहीं है शहर से। बस जूनियर्स को फुटबॉल बनाकर खेलते रहेंगे। "यस सर! आई एम थैंकफुल टू द मैनेजमेंट।" चंदन ने बॉस से कहा और अपने मन में वाक्यांश पूरा किया, "आफ़्टर ऑल, दिस इज़ देर फेवरिट गेम। गेम ऑफ़ ट्रांसफर्स।"

फिर पूछा, "सर, एनी चान्स फॉर एक्सटेंशन? ऑर आई हैव टू गो नेक्स्ट वीक ऑनली?"

"यस डियर! यू हैव टू रिपोर्ट मिस्टर बंसल इन बैंगलोर लेटेस्ट बाय नेक्स्ट मंडे", बॉस ने बताया।

"तो फिर आज के लिए तो जा सकता हूँ?", चंदन ने पूछा। बॉस ने कहा, "एज़ यू विश। आई डोन्ट माइंड।"

चंदन ने मन ही मन गाली दी, "भैंस की आँख, एज़ यू विश। विश पूछी जाती है क्या किसी से कि हम क्या चाहते हैं।" झूठी-सी मुस्कान फैलाकर कैबिन से बाहर निकला। प्रमोशन की ख़ुशख़बर से ज़्यादा तकलीफ़देह थी तबादले की सूचना मिलना। कैबिन से निकलकर सीधे अपनी सीट पर गया। बैग उठाया। लिफ़ाफ़ा उसमें रखा। वहाँ से निकला। और सीधे कीरत के पास आया। लिफ़ाफ़ा उसे थमा दिया। उसने लिफ़ाफ़े को खोला। पढ़ा। उसे बधाई दी। इधर, काग़ज़ का लिफ़ाफ़ा खुला। उधर, दिल का लिफ़ाफ़ा बन्द हुआ। दोनों ने एक-दूसरे को देखा। कहा कुछ नहीं। पर आँखों से दोनों ने सुना बहुत कुछ। कुछ पल की चुप्पी के बाद कीरत ने कहा, "बस एक हफ़्ता! चलो कोई नहीं। बैंगलोर जाकर चिट्ठी लिखना। वैसे भी, इस पब्लिक रिलेशनशिप

ने तुम्हें चिट्ठियाँ लिखने की आदत डाल दी है।" उसे एक बार फिर अमेय याद आ गया। उसके लिखे सारे ख़त आज भी उसके पास सुरक्षित रखे हैं। उसके अकेलेपन की साथी भी तो हैं ये चिट्ठियाँ।

"अरे मुझे अगले सप्ताह जाना है और तुम्हें मज़ाक सूझ रहा है।" पहले से उखड़े चंदन ने थोड़ा और उखड़ते हुए कहा, लेकिन इससे अनजान कि इस वक़्त कीरत भीतर से कितनी उखड़ी हुई है। यह सब एक साथ उसके जीवन में होना था। फिर भी कीरत ने अपने आप को संभाला और उसे समझाते हुए कहा, "फालतू परेशान हो रहे हो यार। अपने प्रमोशन की ख़ुशी मनाओ। कोई और ऑप्शान है क्या तुम्हारे पास? कोई दूसरी जॉब है हाथ में यहाँ? कोई दूसरा काम है? जाना तो है ना। तो हँसकर जाओ यार। नौकरी करनी है कि नहीं तुम्हें?"

चंदन को समझ नहीं आ रहा था कि उसके साथ क्या हो रहा है। वह उम्मीद लगाए बैठा था कि उसके तबादले की ख़बर सुनकर कीरत हैरान होगी। परेशान होगी। लेकिन इसे तो कोई फ़र्क तक नहीं पड़ रहा। "न-न। ऐसा कैसे हो सकता है यार। ये ज़रूर अपने दिल का हाल मुझसे छुपा रही है। ज़रूर ये ऐसा नाटक कर रही है कि उसे कोई फ़र्क नहीं पड़ रहा। रुक भाई ज़रा। ये भी तो हो सकता है कि उसे वाकई परवाह न हो।" वह मन ही मन लगातार ख़ुद से बातें किए जा रहा था। उसे ख़ुद पर और खीझ आने लगी कि वह ऐसा अनाप-शनाप क्यों सोच रहा है। उसने उसी खीझ के बीच कुछ कहना चाहा, पर केवल "कीरत" भर कहकर चुप रह गया। जब हम परेशान होते हैं तो जिसे चाहते हैं, उसका नाम पुकार लेना भी थोड़ा सुकून देता है।

कीरत ने पूछा, "क्या हुआ?"

चंदन ने बात बदलकर पूछा, "याद करोगी मुझे?"

"हाहाहाहाहाहा।" वह प्रतिक्रिया में हँसी और बोली, "आउट ऑफ़ साइट, आउट ऑफ़ माइंड।"

जगह बदलते हुए यही बात मारिसा के मुँह से उसने अमेय के लिए सुनी थी। हालांकि यह बात अधूरी थी। क्योंकि इस वाक्य के कहे जाने से पहले पूरा संवाद था उस दृश्य में। लेकिन कीरत केवल इतना ही सुन पाई थी और यह बात उसके दिल में बैठ चुकी थी। हालांकि उसने मारिसा या अमेय में से किसी को भी यह पता नहीं चलने दिया था कि उसने कुछ सुना है। लेकिन, तभी से उसने पूरी कोशिश की थी कि वह अमेय को अपनी साइट से आउट न होने दे। लेकिन जो होना होता है, होकर रहता है। आज अतीत ख़ुद को दोहरा रहा है।

चंदन ने तर्क किया, "भूलना इतना भी आसान नहीं होता है कीरत।"

कीरत ने मौन रहकर उत्तर दिया कि "यह किसे बता रहे हो चंदन। मैं तो अच्छी तरह जानती हूँ कि बेहद कठिन होता है भूलना।" वह ख़ुद भी कहाँ भूल पाई है अमेय को। उसने जितनी बार भी अमेय को भुलाने की कोशिश में, मन के आँगन में नए बीज रोपने चाहे हैं, यादों की फसल लहलहा उठी है। न वह आज बैंडस्टैंड जाती, न इतनी बेकल होती, न चंदन को फ़ोन करती और न चंदन आज यहाँ खड़ा होकर ऐसी बातें कर रहा होता। दोनों के बीच कुछ लम्हों का मौन आ गया। फिर आख़िरकार वही बोली, "भूलने की ज़रूरत नहीं होती है चंदन। जो सामने न आए, वह भुला दिया जाता है एक रोज़। हम मनुष्य शॉर्ट-टर्म मेमरी लॉस नाम के वरदान से श्रापित हैं। हमारी यादों के जंगल में कोई भी लंबे समय तक टिका नहीं रहता। भुला दिया जाता है। इसीलिए कहती हूँ, आउट ऑफ़ साइट, आउट ऑफ़ माइंड।"

चंदन ने कहा, "हाँ! शायद ठीक कह रही हो। धीरे-धीरे हमें अनुपस्थिति की भी आदत हो जाती है। और फिर अनुपस्थिति में भी तो एक उपस्थिति हमेशा रहती है।"

"ज़्यादा लोड न लो। मैं आऊँगी तुमसे मिलने। बैंगलोर का चक्कर तो लग जाएगा। शहर भी अच्छा है। अब तक तो टाल देती थी। पर अब तुम वहाँ होगे तो एक विकल्प खुल जाएगा, आने का। जल्द मिलेंगे। पर तुम चिट्ठी ज़रूर लिखना," कहा और हँस दी।

'विकल्प'। यह शब्द चंदन के दिमाग़ में धँसा रह गया। वह सोचने लगा, क्या वह कीरत का कोई विकल्प भर था। क्या बैंगलोर के लिए भी नया विकल्प हो गया? या फिर बैंगलोर उसके लिए नया विकल्प होगा। यह सब उसके व्यग्र मन में चलता रहा। लेकिन उसने ज़ाहिर नहीं होने दिया।

"चलो फिर आज शाम की चाय पृथ्वी थियेटर में पीते हैं", कीरत ने कहा। पृथ्वी में चाय का यह प्रस्ताव रखते वक़्त वह शायद उस बात की भरपाई कर लेना चाहती थी कि उसी के मना कर देने के कारण चंदन आज तक मानव कौल का 'चुहल' नहीं देख पाया था।

"अरे हाँ, आज तो महफ़िल भी है।" चंदन को याद आया। और दोनों 'पृथ्वी' की ओर निकल पड़े, खुले 'आकाश' में विचरण के लिए। लेकिन चंदन के मन की किसी खूँटी पर कीरत की वह बात टँगी रह गई, 'आउट ऑफ़ साइट, आउट ऑफ़ माइंड'। कीरत के मन में भी आज मारिसा की कही यह बात रह-रहकर हिलोरें मारती रही। न जाने उसे अमेय के आउट ऑफ़ साइट हो जाने का ग़म सता रहा था या फिर चंदन के माइंड से ख़ुद के आउट हो जाने का डर।

मध्यान्तर

जानकी कुटीर। पृथ्वी थियेटर का पता। मुंबई की सबसे ख़ूबसूरत जगहों में से एक। उस शाम और भी ख़ूबसूरत। जिसकी अपनी वजह थी। दो ख़ूबसूरत मन साथ जो थे। कीरत और चंदन। दोनों पृथ्वी थियेटर गए। महफ़िल में बैठे। चाय पी। पृथ्वी वाली किताबों की दुकान गए। कीरत ने वहाँ से चंदन के लिए 'हरी घास की छप्पर वाली झोपड़ी और बौना पहाड़' खरीदा। लौटकर घर आए। पर चंदन शुक्रिया न कह सका। उस शाम के लिए। जो उसने कहना चाहा था। मगर ये लफ़्ज़ उसे बौना मालूम हुआ। 'थैंक्स' बहुत ज़्यादा घिसा हुआ। और 'धन्यवाद' तो बिल्कुल नहीं, जो हिन्दी पट्टी के क्लाइंट्स के साथ पत्राचार की फ़िक्स प्रॉपर्टी बन चुका था। हालांकि ऐसा बिल्कुल नहीं था कि वह किसी का शुक्रगुज़ार नहीं होता था। शुक्रगुज़ार होना एक बात होती है। उसे सामने वाले तक पहुँचा पाना एक बात। आख़िरकार शुक्रिया उस शाम उसकी जुबान पर न आ सका। कुछ लोग होते हैं, दिल की बातें इतनी आसानी से जता नहीं पाते। और फिर ये तो मामला दो मुख़्तलिफ़ महफ़िलों का था।

एक महफ़िल पृथ्वी की थी। एक उसके दिल की। एक में जावेद सिद्दीक़ी साहब और सलीम आरिफ़ भाई की बातें थीं। तो दूसरी में था जज़्बात का संगीत। अगर वह शुक्रिया कह देता तो दिल के जज़्बात की महफ़िल का रंग कुछ फीका पड़ जाता। ये शाम कीरत का उसको दिया एक अनमोल तोहफ़ा था। क्या दिल से दिए

तोहफ़ों का शुक्रिया अदा किया जा सकता है? यह सोचकर वह चुप रह गया। वह चुप रहा, क्योंकि उस क्षण की भंगुरता को जज़्ब कर लेना चाहता था। चुप रहा, क्योंकि उस क्षण के संगीत की धुन में किसी तरह का खलल नहीं चाहता था। अपनी बातों का भी नहीं। चुप रहा, क्योंकि डूबना चाहता था। उसकी ख़ुशबू में। क्योंकि भीगे रहना चाहता था। उसकी छुअन में।

उसने उसे उस नाम से पुकारा, जो उसने प्यार से रखा था। जब वह ओष्ठी अक्षरों से मिलकर बना उसका यह नाम पुकारता, तो उस नाम में आने वाले अक्षर भी उसके अधरों सरीखे कोमल हो जाते। उसके अधरों की कोमलता को उसने आज अपने अधरों से छूकर महसूस किया था।

आज शायद कीरत भी ऐसे हर मृदुल पल को जी लेना चाहती थी। आज दोनों ने एक कप में चाय पी थी। वे दोनों ठीक एक जगह से कप को पकड़ते, ताकि कप की डंडी पर छूट चुके उंगलियों के लम्स को अपनी उंगलियों में लपेट सकें। वे घूँट-घूँट चाय पीते। वह कप की किनारी पर छूट गई उस बूँद की ओर देखती। फिर अपने होठ उसी बूँद पर रख देती। पहले वह बूँद उसके होठों से लगती, फिर चाय की अगली घूँट। चाय ख़त्म होने तक। चाय तो महज़ वाहन थी, जिस पर सवार होकर उसके होठों की मृदुला उसके अधरों पर जा बैठती। उसने आखिरी घूँट ली। झुकी पलकों को ज़रा-सा उठाया। उसकी ओर देखा। चंदन ने अपनी ओर उठी निगाह को देखा। मुस्कुराया। और फिर बोला, "ख़ुदा ने तुमको दुनिया की सबसे ख़ूबसूरत आँखें बख़्शी हैं।"

कीरत आँखों से मुस्कुरा दी। चंदन ने चाहा कि दिल की पोटली खोल दे। कह दे वो सारी बातें जो उसमें बाँधकर रखी हैं। पर क्या इतना सहज होता है, दिल की पोटली खोल देना? उस पोटली की

गाँठ के बगल वाले झरोखे से झाँका कुछ बातों ने। मगर उसने उन्हें वापस भीतर दबा दिया। गाँठ को थोड़ा और कस दिया।

लेकिन ये ज़िद्दी बातें, काजल लगी उन आँखों के ऊपर महीन भौहों के बीच दमकती उस छोटी-सी बिंदिया को देखकर बार-बार पोटली से बाहर आती रहीं। उसने चाहा कि इसी पल कीरत के गले लग जाए। मगर ख़ुदा को आज इससे कुछ ज़्यादा मंज़ूर था। वह अपने दिल की पोटली सम्भालने में लगा था कि इतने में उसने कीरत के बोसे का भीगा-सा फाहा महसूस किया। अपने माथे पर। गालों पर। अधरों पर।

उसने इस आत्मिक ख़ुशी को बस हँसती आँखों के ज़रिए कीरत तक पहुँचाया। कुछ कह न सका। कीरत भी चुप रह गई। भीतर कुछ था, जो वह चंदन से अब तक कह नहीं पाई थी। या शायद कहना चाहा था उसने, पर चंदन समझ नहीं पाया था।

कीरत ने मेज़ से टिश्यू पेपर उठाया। एक स्माइली बनाई। ग्रेटर दैन, कोलन, डी, लैस दैन (>:D<) और नीचे लिख दिया, "गूगल कर लेना"। क्योंकि वह जानती थी, चंदन स्माइलियों की भाषा में अभी पारंगत नहीं हुआ है।

चंदन ने चाहा कि तुरंत गूगल कर ले। मगर नहीं किया। वजह? वही। क्षण की भंगुरता। उसने पूरी रात उस स्माइली के डिकोड होने के इंतज़ार में बिता दी। फिर पूरा दिन। शाम आई। ढल गई। रात आई। कीरत चली गई। अपने दफ़्तर। और चंदन ने कीरत के "हग्स" को महसूस किया। स्माइली डिकोड हुई। या शायद चंदन की उलझन।

उधर, कीरत अपनी डेस्क पर पहुँची। देखा कि पेंसिल डायरी के धागे से उलझी हुई है। ठीक वैसे ही, जैसे बीती रात चंदन की उंगलियाँ उसके बालों में उलझी रह गई थीं। उसने मेज़ पर

खुली रह गई डायरी को कातर निगाह से देखा। गोया बीती रात खुले अपने अन्तरतम के द्वारों को पुनः देख रही हो। वह मन में मुस्कुराई। काम में मन नहीं लगा। मन किसी उलझन में जा लगा। चंदन जाने वाला था और अमेय जा चुका था।

जब हम एक बार किसी का जाना देख चुके होते हैं, तो उसके साथ हम भी थोड़े-से जा चुके होते हैं। कीरत लौटना चाहती थी। लेकिन कहाँ? यही तो उलझन थी। रात उलझती गई। मन उलझता गया। काम और भी ज़्यादा उलझ गया। उसे जीवन उलझता-सा प्रतीत हुआ।

उधर, चंदन को डर लगने लगा। 'आउट ऑफ़ साइट, आउट ऑफ़ माइंड' का डर। फिर उसे याद आया अनन्या मुखर्जी की किताब के एक अध्याय का शीर्षक, 'डर बस दो अक्षरों का शब्द है'। उसने प्रेम के ढाई अक्षरों को दो अक्षरों में बदलने के लिए उसका अंग्रेज़ी अनुवाद किया और ख़ुद से कहा, 'लव' भी तो दो अक्षरों का है। लेकिन क्या प्रेम का अनुवाद मुमकिन है?

कीरत को भी एक डर था। दूरी का डर। हम सबके भीतर न जाने कितने डर जमा रहते हैं। डर के जमा पर रेपो रेट लगता है। हमें ज़िन्दगी का ब्याज मन की चाह को काटकर चुकाना पड़ता है।

कीरत सोचने लगी कि हमें बचपन से डरने का बाक़ायदा प्रशिक्षण दिया जाता है। डरने की प्रवृत्ति को सहज वृत्ति बना दिया जाता है। फिर हम जीवन भर भयाक्रान्त रहते हैं। हमें पता भी नहीं चल पाता कि कौनसा डर कब जीवन की बाधा बनता चला जाता है। कीरत को गुमसुम सी देख उसकी दोस्त दूर्वा ने कहा, "कहाँ खोयी हो?"

"अरे कहीं नहीं। बस मन नहीं हो रहा काम करने का।" कीरत ने कहा।

"तो चलो, चाय पीते हैं।" दूर्वा उसे उठाकर ले गई। कीरत उससे पूछने लगी, "दूर्वा! अगर हम अपने भीतर के डर का सामना कर पाएँ तो उनसे जीत भी सकते हैं ना?"

दूर्वा ने कहा, "हाँ। बिल्कुल। इसीलिए तो वो ऐड बना है, डर के आगे ही जीत है।" और दोनों हँसने लगीं। लेकिन कीरत के दिल में अब एक नया डर पैदा हो रहा था। उसके और चंदन के मध्य आए अन्तर से उपजा डर।

इस डर के एहसास ने उसे अपने पापा की बात याद दिला ली। शहडोल से निकलते वक़्त किसी बात पर उन्होंने उसे समझाते हुए कहा था, "डरना नहीं है बेटा। किसी भी हाल में। तुम अकेले सारी दुनिया जीत सकती हो। बस डरना नहीं है।" "लव यू पापा।" उसने मन ही मन कहा। एक पिता ही तो थे, जिन्होंने अमेय के साथ आने पर भी उसका हौसला बढ़ाया था और उसके साथ न रहने पर भी। वह अब इस डर का भी मुक़ाबला करने के लिए तैयार थी और इसी तैयारी के साथ आकर वापस काम पर बैठी। उसकी उंगलियां फिर एक बार कंप्यूटर पर सरपट दौड़ने लगीं।

हस्तक्षेप

हस्तक्षेप को अच्छा नहीं माना जाता। कहीं भी। न कहानी में। न काम में। न इश्क़ में। और न जीवन में। किन्तु यह हस्तक्षेप उन अर्थों में बिल्कुल नहीं है, जिन अर्थों में इसके होने को अच्छा नहीं माना जाता है। यहाँ मेरा हस्तक्षेप इन किरदारों के साथ नहीं है। यह हस्तक्षेप उन अर्थों में है कि मैं केवल आपके और इस कहानी के किरदारों के बीच आ खड़ा हुआ हूँ। कुछ देर के लिए। कहानी के मध्यान्तर के अन्तराल को भरने के लिए।

एक अन्तराल को भरने के लिए उसमें किसी का होना ज़रूरी होता है। मैं केवल इसलिए उपस्थित हुआ हूँ कि इस कहानी के मध्यान्तर में आपसे कुछ बातें कर सकूँ। कुछ अपनी सुना सकूँ। कुछ आपकी सुन सकूँ। कुछ बातें बता सकूँ। किरदारों की।

चंदन, कीरत, अमेय, मारिसा। कहानी के चार मुख्य किरदार। चारों का अपना-अपना स्पेस था। एक साझा स्पेस भी था। सबका अपना-अपना साझा। चंदन और कीरत का साझा स्पेस। अमेय और कीरत का साझा स्पेस। मारिसा और अमेय का साझा स्पेस। हम सब अपने-अपने स्पेस में रहते हैं। अपने-अपने स्पेस में जीते हैं। हम सबका अपना एक अलग स्पेस भी होता है। उस स्पेस में हमारी इजाज़त के बिना कोई भी दूसरा शामिल नहीं हो सकता। जहाँ हम अपने स्पेस में किसी दूसरे को शामिल करते हैं, उसे अपनी अंतरगंता की परिधि में शामिल कर लेते हैं।

मारिसा और अमेय भी कुदरत के इस नियम से अलग नहीं थे। उनके इस स्पेस में यदा-कदा व्यवस्था के अर्थ होते। और कभी होती अर्थ की व्यवस्था की बातें। राजनीति मारिसा को पसंद नहीं थी। न देश की, न राज्य की और न ऑफिस की। राजनीति, कूटनीति जैसी तमाम नीतियों को वह अनीति को नीतिगत बनाने का साधन मानती थी। उनकी अपनी बातें थीं। सामान्य-सी। जो हमारी-आपकी होती हैं। हम सबकी होती हैं। सामान्य कार्य-व्यवहार की बातें। कीरत और अमेय के स्पेस में कभी-कभी बनारस से लेकर पंजाब तक की गलियों में दी जाने वाली गालियाँ दोनों की जुबान पर चली आतीं। वो दोनों बनारस पर अनगिनत बातें करते। बनारस उनके दिल में था। काशीनाथ सिंह थे। काशी का अस्सी था। अस्सी घाट पर बिताई जाने वाली साझी शामें थीं। नींबू वाली चाय थी। मणिकर्णिका था। रांझणा था। कुंदन था। ज़ोया थी। बिंदिया थी।

वह कहती, एक बार तुम्हारे साथ बैठकर देखनी है रांझणा। देखना है, कैसे कुंदन हुआ जाता है। कैसे ज़ोया और कैसे बिंदिया। पर ये सुयोग बन नहीं पाया था। इसके अलावा भी तो कितना कुछ था, साथ करने को, जो वे नहीं कर पाए थे। क्रिया की प्रतिक्रिया का नियम यहाँ भी लागू हुआ। न क्रिया हुई। न उसकी प्रतिक्रिया। जीवनचर्या की अपनी क्रियाएँ शुरू हो गईं। फिर उनकी प्रतिक्रिया।

जीवन प्रत्याशित नहीं होता है। उतना भी नहीं, जितना हम सोच पाते हैं। हमारे सोचे हुए में भी बहुत सारा हिस्सा अप्रत्याशित रूप से चला आता है। आता रहता है। हम उसे वक़्त बदलने की संज्ञा दे देते हैं। हम सब सदा से सुनते आए हैं कि वक़्त बदलता है। समय सब दिन समान नहीं रहता। समय बलवान है। और अब तो 'अपना टाइम आएगा', सबकी जुबान पर है। मैं यहाँ इन बनी-बनाई धारणाओं को दोहराने या तोड़ने के लिए उपस्थित नहीं हुआ

हूँ। वक़्त बदलता है या हालात, या फिर समय बीतने के साथ हमारा अपना नज़रिया। या फिर इन सबके बदलने को वक़्त बदलना कहा जाता है, ये सब चिंतन करने की बातें हैं। यदि इसी को वक़्त बदलना कहते हैं तो इस कहानी के किरदारों का वक़्त भी बदला। अमेय अब कीरत की लटें नहीं, नीतिगत उलझनें सुलझाने में व्यस्त रहता है। वो, जो कभी उसे आँखों में भरकर पलक भी न झपकती थी, अपनी आँखें आँकड़ों पर टिकाये रहती है। उसे अब दिखाई नहीं देतीं निर्माण में मलबा होती ज़िन्दगियाँ। दिखाई देता है तो बस निर्माण से बढ़ता जीडीपी का ग्राफ़।

हम ज़िन्दगी को देखना बन्द कर देते हैं, तो ज़िन्दगी हमें देखना बन्द कर देती है। याद कीजिएगा आपने आख़िरी बार कब सुना था कि क्या कहती है ज़िन्दगी? कब इस सवाल का जवाब दिया था अपने आप को, अपने किसी दोस्त को या किसी भी अपने को, जिसे आपने अपनी अंतरंगता की परिधि में शामिल किया हो। लेकिन जीडीपी के आँकड़े क्या कहते हैं, ये हम बराबर सुनते रहते हैं। यह बुरा नहीं है। जीडीपी के आँकड़े अपनी जगह हैं। और ज़िन्दगी अपनी जगह। आँकड़ों को तोड़-मरोड़कर किसी भी तरफ़ किया जा सकता है, पर ज़िन्दगी आँकड़ों में नहीं चलती। और न आँकड़ों से चलती है। ज़िन्दगी में चाहिये होते हैं चंद अच्छे रिश्ते। ऊष्मा से भरे।

बिना कुछ घटित हुए भी इतना कुछ घटित होता जा रहा था कि कीरत और अमेय के रिश्ते में ऊष्मा का ग्राफ़ गिरने लगा था। जब रिश्तों में ऊष्मा का ग्राफ़ गिरने लगता है, तो दिलों की दूरी का ग्राफ़ ऊपर जाने लगता है। वह रिश्ता एनपीए हो जाता है। फिर रिकवरी के अभाव में उसे राइट-ऑफ़ कर दिया जाता है। कीरत अमेय से अपने रिश्ते को अभी तक राइट-ऑफ़ नहीं कर

पाई थी। शायद वह आज भी अपनी अन्तिम मुलाक़ात के सिरे को पकड़ने की कोशिश में थी। या शायद ज़िन्दगी के सिरे को थामने की। लेकिन क्या यह सब इतना आसान था? क्या इतना आसान होता है, किसी के जाने से आए अन्तराल को भर पाना? क्या चंदन उस अन्तराल को भर पाएगा, जो अमेय के जाने से बना था? क्या कीरत ने चंदन को वाकई एक विकल्प भर समझा था। अगर चंदन विकल्प था, तो किसका? अमेय का? या फिर अमेय के जाने से आए खालीपन को भरने का? या फिर यह केवल चंदन के दिमाग में चल रही उधेड़बुन की उपज थी कि वह कीरत के लिए किसी तरह का विकल्प मात्र है। या फिर वाकई कीरत भी चंदन को विकल्प समझकर आगे बढ़ रही थी। और इन सबके बीच एक बड़ा सवाल, क्या ज़िन्दगी में कोई किसी का विकल्प हो सकता है?

विकल्प

चंदन का ट्रांसफर ऑर्डर उसके हाथ में था। उसके लिए इससे छोटा सप्ताह कभी नहीं रहा। ये पाँच दिन हवा के तेज़ झोंके से रेत की तरह उड़ गए। मुंबई छूट नहीं रही थी। मुंबई का छूटना केवल एक जगह का छूटना नहीं था। मुंबई का छूटना उसके उस शहर के छूटने जैसा था, जहाँ उसके दिल में प्रेम का अंकुरण हुआ था। लेकिन मुंबई से बैंगलोर न जाने का चंदन के पास कोई विकल्प भी नहीं था। वह चाहकर भी कुछ और दिन नहीं रुक सकता था। उसने बहुत कोशिश की थी कि कुछ दिन का समय और मिल जाए। इस कोशिश की दो वजहें थी। एक तो यही कि वह कीरत के साथ अब कुछ और दिन गुज़ारना चाहता था। और दूसरी यह कि वह कीरत के मन को टटोलकर देखना चाहता था कि क्या वह उसके लिए वाकई कोई विकल्प है? और अगर वह विकल्प है भी तो क्या वह कीरत के लिए सही विकल्प साबित हो सकता है? और अगर वह सही विकल्प साबित हो सकता है, तो कीरत को भी यह मौक़ा दे सके कि वह देख ले कि यह विकल्प उसके लिए ठीक है या नहीं। उसने तो बैंगलोर में मिस्टर बंसल से भी दरख़्वास्त कर ली थी। लेकिन सब बेकार रहा था। उन्होंने बड़ी बेरहमी से कह दिया था, "यू हैव टू रिपोर्ट हियर मिस्टर डियर।" "चंदन सर", उसने अपना नाम याद दिलाया कि वहाँ पहुँचने से पहले कम से कम उसके बॉस को उसका नाम तो याद रह जाए। टॉप बॉस को अपना नाम याद दिलाते रहना हर कर्मचारी अपना प्राथमिक उत्तरदायित्व मानकर चलता है।

वह मुंबई से जा तो रहा था, लेकिन कीरत की विकल्प वाली उस बात को दिल में लेकर। क्योंकि इस बारे में खुलकर कीरत से कोई बात हो न सकी थी और जो समय उसने चाहा था, वह उसे मिल न सका था। उससे रहा नहीं गया तो आख़िरकार उसने मुंबई से निकलने से पहले कीरत को एक लम्बा मैसेज लिख डाला। ये ई-चिट्ठियों की पहली शुरुआत थी। उसने लिखाः

"लाइफ़ की ट्रेजडी स्साला यही रही के हम सदा विकल्प रहे। विकल्पों में भी तीसरे या चौथे नम्बर पर बैठाए जाते रहे। अंग्रेज़ी वाले सी या डी कहते और हिंदी वाले स या द। कालांतर में हिंदी वालों में बस इतना ही आगे बढ़ पाए कि बारहखड़ी में थोड़ा पहले आने लगे। स या द के बजाय आजकल ग या घ हो गए। नम्बर वही रहा, तीसरा या चौथा। पर कभी किसी का सही जवाब न हो पाए। सही जवाब में क और ख बाजी मारते रहे। हम भी बचपन में परीक्षा में जब तुक्के लगाते थे तो ज़्यादातर प्रथम दो विकल्पों पर ही लगाते थे। तब वे अ और ब हुआ करते थे। बाद में क और ख हो गए। उन दिनों अगर कोई तीसरे या चौथे नम्बर के विकल्प पर टिक मार्क लगा भी देता तो बाद में पछताया करता। मास्टर साहब कॉपी जाँचने के बाद क्लासरूम में नंबर बताते तो कहते, "अरे गधे! तुक्का ही मारना था तो ऊपर के दो में मारता ना।" और तुक्का मारने वाला बस उसी नम्बर से फेल हो जाता या मार्कशीट में 'डी' लगने से चूक जाता, जो तीसरे या चौथे नम्बर के विकल्प पर टिक करने से कटता।

पर क्या है ना कीरत! ज़िन्दगी न तो ओएमआर शीट है और न ऑनलाइन क्लिक करके विकल्प चुन लिए जाने वाला इम्तिहान। यहाँ इरेज़र से मिटाकर ओएमआर शीट के गोले को पेंसिल से दोबारा रंगने या माउस के तीर को किसी दूसरे गोले पर क्लिक कर

'सलेक्ट' करने का विकल्प नहीं होता। ज़िन्दगी ऐसी ही होती है रे। विकल्प होते हैं, ताकि सही जवाब को ढूँढ़ने में मदद मिल सके। उस सही तक पहुँचने की राह आसान हो सके। विकल्प जब तक सही जवाब में तब्दील न हो, उसका कोई अधिकार क्षेत्र नहीं होता। वो ज़िन्दगी में कुछ वैल्यू एडिशन नहीं करता। अधिकार क्षेत्र तो केवल सही जवाब का होता है। सही को चुन लिए जाने के बाद जो बचे रह जाते हैं, वो सब ग़लत विकल्प होते हैं। अगर इनमें से किसी ग़लत विकल्प को चुन लिया तो जवाब ग़लत हो जाता है। और वो विकल्प किसी दूसरे सही जवाब की तलाश को आसान बनाने के लिए दोबारा विकल्प हो जाते हैं। चूँकि हम ग़लत जवाब अपने मूल रूप में, मूल प्रकृति में ही ग़लत होते हैं, इसलिए सदा विकल्प बने रहना ही हमारी नियति होती है।"

"ये क्या है? बहुत ज़्यादा विकल्प हो गया। कुछ समझ नहीं आया। सब ऊपर से निकल गया।" कीरत ने जवाब में लिखा।

"इसे समझने के लिए विकल्प होना पड़ेगा कीरत।"

"अरे ये क्या विकल्प-विकल्प लगा रखा है। बहुत बोर कर रहे हो यार।"

"हाँ अब मैं जा रहा हूँ, तो तुम मुझसे बोर ही होगी।"

"अरे तो तुम कुछ भी लिख दोगे और मैं तालियाँ भेजती रहूँगी तुम्हें?"

"मत भेजो तालियाँ। हम इसे यहीं ख़त्म करते हैं। वैसे भी मुझे तैयारी करनी है।"

"तो तैयारी करो ना। नॉनसेन्स !" और क़ीरत ने इसके साथ एक हँसता हुआ इमोटिकन भेज दिया। वह जब भी नॉनसेन्स कहती,

हँस देती। उसके लिए जो भी नॉनसेन्स होता, चंदन के लिए उसके बहुत सारे सेन्स होते। असल में उसका नॉनसेन्स कहना, चंदन के तमाम सेन्सेज़ को सक्रिय कर देना होता था।

चंदन ने इस नॉनसेन्स से सेन्स निकालकर कीरत को कुछ समझाना चाहा। उसने लिखा, "मैं तुम्हारी मदद कर रहा था। एक विकल्प बनकर। ताकि ज़िन्दगी में तुम सही विकल्प का चयन कर सको। एक ग़लत विकल्प का चयन, ज़िन्दगी बदल देता है कीरत। ये चयन कठिन हो सकता है, मुश्किल हो सकता है, लेकिन ज़िन्दगी सबको मौक़ा देती है। तुम्हें भी दे रही है। सही विकल्प चुनना अपने लिए।"

कीरत ने कुछ जवाब नहीं दिया। बहुत कुछ सोचा। बहुत कुछ लिखा। लेकिन सब मिटा दिया। सब मिटता-सा प्रतीत जो हो रहा था उसे। इन ख़यालों में डूबे मन ही मन पुरानी बातें उसे याद आने लगी। वह फिर सोचने लगी कि अमेय के साथ का चयन सही था या उसके साथ न रहने का चयन करना सही है। चंदन सही है या अमेय सही था? या फिर मैं ख़ुद ही ग़लत हूँ? ऐसे बहुत सारे सवाल उसके मन में उमड़ रहे थे, जिनके जवाब की तलाश में वह पुराने दिनों की यादों में डूबती जा रही थी।

सामने बैठे रहो तुम, रात जब तक हो

कीरत के मन में उसी रात से एक अविश्वास घर कर चुका था, जिस रात उसने मारिसा का धड़कता दिल अमेय के फ़ोन की स्क्रीन पर देखा था। लेकिन रिश्ते विश्वास की बुनियाद पर टिकते हैं। अविश्वास की दीमक उन्हें खा जाती है और वे दरकने लगते हैं। कीरत और अमेय अब एक घर में रहते। साथ-साथ। साथ-साथ दफ़्तर आते-जाते। दफ़्तर में भी आमने-सामने रहते। लेकिन इस साथ में भी एक दूरी आती जा रही थी। दोनों एक-दूसरे से दूर जा रहे थे। कीरत जब भी अमेय के बारे में सोचती उसके ख़यालों में डूब जाती। उसका फ़्लैशबैक जारी था। वो तमाम बातें वीडियो कैसेट की रील की भाँति रिवाइंड होकर उसके मन के पर्दे पर चल रही थी, जिनसे उसके और अमेय के बीच दूरियाँ आनी शुरू हुई थीं। आज फिर यह रील घूम गई थी। उसे याद आई उस दिन की बातें, जब दोनों की भीषण लड़ाई हुई थी।

"अमेय! काम थोड़ा जल्दी ख़त्म कर लो। शाम को सीसीडी चलते हैं। कॉफ़ी पी लेंगे।" कीरत ने अमेय के पास आकर कहा था।

"कुछ ख़ास?" अमेय ने कहा था।

"कुछ बात करनी है तुमसे। बैठकर।" कीरत ने हँसते हुए कहने की कोशिश की थी।

"घर पर नहीं हो पाएगी?"

"बाहर की बातें हैं। बाहर ख़त्म हो जाएँ तो बेहतर है।"

"मतलब! मैं कुछ समझा नहीं।"

"चलो तो। सब समझा देती हूँ।"

"आज! आज नहीं हो पाएगा यार। घर बैठकर करते हैं ना बात। मैं बनाऊँगा तुम्हारे लिए कॉफ़ी।"

"फ़ुर्सत कहाँ है सर आपको घर पर बात करने की। गाड़ी में आपको अपना प्रिय संगीत सुनकर ऑफ़िस की थकान उतारनी होती है। घर में फ़ोन में घुसे रहना होता है। ऑफ़िस में फिर किसी और से भी बातें करनी होती हैं। सारी दुनिया से बात करने की फ़ुर्सत है आपके पास। पर मुझसे मत कर लेना" कीरत ने कहा।

"ओके" अमेय ने जवाब दिया।

"व्हट ओके?"

"द सेम, व्हट यू हैव सैड।"

"मेरा मन नहीं लग रहा अमेय।"

"तो क्या करें कि तुम्हाना मन लग जाए।"

"तुम्हारा मन तो किसी और में लगा हुआ है। तुम क्या कर पाओगे।"

"हुआ क्या है तुम्हें? बेकार की बातें करती रहती हो।"

"हाँ। मेरी तो सारी बातें बेकार की हैं। काम की बातें तो केवल तुम्हारी मारिसा के पास होती हैं।" कीरत पर न जाने कौनसा भूत सवार हो गया था कि वह भूल गई कि यह ऑफ़िस है।

"घर चलकर बात करते हैं कीरत। यहाँ सीन मत क्रिएट करो। बहुत हो गया तुम्हारा।" अमेय ने अपने स्वर को धीमा रखने की कोशिश करते हुए कहा। पर आवाज़ में गुस्सा था।

"उठो। अभी के अभी चलो। तुम्हारा भी बहुत हो गया। मुझसे और बर्दाश्त नहीं होता।" कीरत पर तो कब से गुस्सा सवार था।

वक़्त की नज़ाकत को देखते हुए अमेय ने अपने लैपटॉप को स्लीप मोड में डाला और ख़ुद जैसे स्लीप मोड से बाहर आया। दोनों बैंडस्टैंड आ गए।

"उड़ेल दो अपना सारा गुस्सा इस समंदर में।" उसने बाएँ हाथ से कीरत की दाईं बाँह को पकड़कर उसे क़रीब लाते हुए कहा।

कीरत ने उसकी पकड़ से बाहर निकलते हुए कहा, "हाथ मत लगाओ मुझे।"

"अरे, हुआ क्या है आख़िर? कोई दौरा-वौरा पड़ा है क्या तुमको?" अमेय ने भी धीरज खोते हुए कहा।

"हाँ, मुझे तो अब दौरे ही पड़ेंगे। नॉर्मल तो वो, मारिसा है ना।"

"फिर मारिसा। ये मारिसा कहाँ से आ गई यार?"

"यही तो मैं जानना चाहती हूँ कि मारिसा कहाँ से आ गई?"

"बकवास बन्द करो कीरत। आओ घर चलते हैं।" खुले में आकर कीरत की आवाज़ भी खुल गई थी। आसपास के लोग देखने लगे थे।

"मुझे नहीं चलना है। मैं कल ही शिफ़्ट हो रही हूँ।"

"अब ये क्या नया ड्रामा है?"

"ओह! ये ड्रामा है। और तुम जो कर रहे हो, वो कृष्ण लीला है?"

"तुम बकवास करती रहोगी या बताओगी कि तुम्हारी प्रॉब्लम क्या है। इतने दिनों से देख रहा हूँ, घर का भी ध्यान नहीं रखती हो। तुम्हारे पास आने की कोशिश करता हूँ, तो दूर कर देती हो। अब तो ऑफ़िस के लिए निकलने से पहले मेरे कपड़ों तक का ध्यान नहीं रहता तुम्हें।"

"क्यों, मैं तुम्हारी नौकरानी हूँ क्या? तुम मेरे लिए क्या कर देते हो, जो मुझे कह रहे हो। जब देखो, फ़ोन में लगे रहते हो। दिखाओ अपना फ़ोन।" कीरत अमेय के हाथ से फ़ोन ले ले लेती है।

"पासवर्ड भी बदल लिया। वाह सरकार। कहीं मैं तुम्हारी और मारिसा की चैट न पढ़ लूँ इसलिए? ये चल क्या रहा है तुम दोनों के बीच में।"

"कीरत! यू आर क्रॉसिंग योर लिमिट्स।"

"नो अमेय, यू हैव क्रॉस्ड योर लिमिट्स। अगर कुछ भी नहीं है तुम दोनों के बीच, तो दिखाओ अपनी चैट?"

"तुम पागल हो गई हो क्या। वो केवल मेरी अच्छी दोस्त है।"

"ओह! वो इतनी अच्छी दोस्त है कि अपना धड़कता दिल तुम पर फेंकती रहती है। बड़ी ही दिलफेंक दोस्त है तुम्हारी अमेय।"

"कीरत..." अमेय गुस्से में चिल्लाया। उसका हाथ उठा, लेकिन आधा उठकर नीचे आ गया। और शेष गुस्सा चिल्लाकर कहे इस वाक्यांश में निकल गया, "यू आर सिक।"

"चिल्लाने से कुछ नहीं होगा अमेय। तुम सही साबित नहीं हो जाओगे।"

"अरे मुझे कुछ करना भी नहीं है साबित। तुम सोचती रहो, जो सोचना है तुम्हें। जाकर इलाज कराओ अपना।"

"इलाज तो मैं तुम्हारा करूँगी। पासवर्ड बोलो इसका।"

"मैं ऐसा कुछ नहीं करने वाला हूँ। और अब तो बिल्कुल नहीं।"

"अच्छा चलो ख़ुद ही खोलकर दे दो। वैसे भी तुम्हें फ़र्क नहीं पड़ना चाहिए, क्योंकि तुमने तो चैट्स डिलीट कर ही दी होंगी ना।"

"डिलीट की हों या न की हों, अब मैं नहीं दिखाऊँगा। और तुम तो ऐसे बात कर रही हो, जैसे तुमने तो आज तक कोई चैट्स डिलीट किए ही नहीं। तुम अगले हफ़्ते विशाखापट्टनम जा रही हो। तुमने बताया नहीं। जबकि तुम दिन भर मेरे सामने बैठती हो। एक घर में रहते हैं हम। लास्ट वीक यू हैव गोन फॉर ए पार्टी विद मौर्या। एंड यू टोल्ड मी, एक मीटिंग के लिए पवई जाना है। तुम आज निकल जाना। मुझे देर हो जाएगी। मैंने सोचा, चलो ठीक है। लेट इट गो।"

अभी अमेय का फ़ोन कीरत के हाथ में ही था कि स्क्रीन पर मारिसा का मैसेज फ़्लैश हुआ। इसके नोटिफ़िकेशन ने कीरत के दिल में शॉर्ट सर्किट का काम किया। मारिस ने लिखा था, "सामने बैठे रहो तुम रात जब तक हो...।"

"वाय डोन्ट यू चेंज योर सीट अमेय। सी, हाउ क्रेज़ी शी इज़ फॉर यू। दिस इज़ सेल्फ़ एक्सप्लेनेटरी। यू नीड नॉट एक्सप्लेन मी एनीथिंग। यू गो विद हर। वाय डोन्ट यू स्लीप विथ हर बास्टर्ड।"

"यू आर रियली सिक कीरत। यू हैव लोस्ट योर सेंसेज़, नॉनसेन्स। यू डू, व्हट यू वॉन्ट टू डू।"

"सेम टू यू सर", कीरत ने कहा और वहाँ से निकल गई है। लेकिन कौन जानता है कि वह बैंडस्टैंड से निकल रही है या अमेय के दिल से। यह भी किसे मालूम है कि बैंडस्टैंड पीछे छूट रहा है या अमेय। लेकिन कीरत आगे बढ़ गई। अमेय अब भी वहीं खड़ा रहा।

के ताल

तीन महीने बीत गए थे। चंदन बैंगलोर आ चुका था। मुंबई अब उसके लिए उन पुराने शहरों की फ़ेहरिस्त में शामिल हो गया था, जहाँ वह काम के सिलसिले में रह चुका था। वही शहर अब पुराना हो गया था, जो कुछ बरसों पहले उसके लिए नया था। कोई कितनी जल्दी पुराना हो जाता है। जो कल हमारे लिए नया था, वह आज पुराना है। शहर और रिश्ते ऐसे होते हैं कि नये में पुरानेपन का जुड़ जाना, हमें उससे जोड़े रखने की योजक कड़ी हो जाता है। वरना अख़बार भी होते हैं, जो चंद घंटों में पुराने पड़ जाते हैं।

चंदन अपने लिए पुराने हो चुके मुंबई के बारे में बैंगलोर में बैठकर सोचने लगा, "दूर होते जाना, पुराना होने के साथ-साथ आता जाता है? या फिर पुराना हो जाने की यह ज़रूरी शर्त है कि हम उससे दूर हो जाएँ? क्या किसी शहर में रहते हुए, वह शहर हमारे लिए पुराना नहीं पड़ता जाता है? क्या रिश्ते भी पुराने हो जाते हैं? क्या कुछ शहर और रिश्ते, पुराने होने के साथ ऊब पैदा करने लगते हैं? कहीं ऐसा तो नहीं कि कीरत मुझसे ऊब गई है? नहीं-नहीं! ऐसा कैसे हो सकता है। ये मुमकिन नहीं है।" उसने ख़ुद को समझाया।

कुछ शहरों से हम निकलना नहीं चाहते। जैसे कुछ सम्बन्धों से। चंदन न तो उस शहर से निकलना चाहता था और न उस सम्बन्ध से। क्या वापसी सम्भव है? क्या जीवन में हमेशा उस तरफ़ लौटकर जाना ज़रूरी होता है, जो पीछे छूट गया है? क्या लौटने के रास्ते सदैव खुले रहते हैं? क्या लौटना इतना आसान होता है?

चंदन ने अपनी फ़ेसबुक प्रोफ़ाइल पर अपनी 'करंट सिटी' को अपडेट किया। कल तक उन दोनों की साझी 'करंट सिटी' अब केवल कीरत की 'करंट सिटी' रह गई थी। वह आ गया था एक और नए शहर, उस शहर को अलविदा कह। उस रात को, उस शहर में उगे उस रात के चाँद को, उस सुबह को, कीरत को, अपने आप को, वैसे ही छोड़कर। इन सबसे दूरी उसे इन सबके और क़रीब ले जा रही थी। वह दूर हो रहा था, तो केवल अपने आप से।

तीन महीने पहले की तो बात है। उसने मुंबई से रवाना होने से पहले, पहली बार किसी लड़की के लिए फूल ख़रीदे थे। गुलदस्ता बनवाया था। कीरत ने उस गुलदस्ते को बेडरूम के गुलदान में सजा दिया था। न जाने वो फूलों की महक थी, या फिर उस प्रेम की, जो दोनों के बीच था, पर अब तक अनकहा। आज उसने वही टी-शर्ट निकाली, जिस पर अब भी कीरत की सुवासित छुअन के रेशे थे। देखा तो कॉलर के पास दो लंबे बाल चिपके हुए थे। जो शायद रबड़बैंड खोलते वक़्त टूट गए थे। मानो यह सब शहर बदलने में हुई मानसिक प्रताड़ना का हर्जाना हो। उसने वही टी-शर्ट पहनी। और उस दिलफ़रेब अन्धेरी रात का उजियारा उसकी आँखों में चमक उठा।

वही रात, जब दोनों के दिलों की धड़कनें 100 डिग्री सेल्सियस पर उबलते पानी की तरह खदके खा रही थीं। ये दोनों का प्रथम स्पर्श था। साझा। कीरत की उंगलियाँ उसके देह पर चींटी-सी दौड़तीं। उसके बालों में घूमती। उसे ऐसा मालूम होता जैसे कोई पियानो पर मधुर संगीत बजा रहा हो। वे उंगलियाँ उस रात कभी न पूरे होने वाले एक ऐतिहासिक सफ़र पर थीं। इसी सफ़र के बीच कब खिड़की पर चाँद आ बैठा, बाल्कनी में झूलता मोगरा चाँदनी में भीगकर कब और धवल हो गया, यह जानने में दोनों को कुछ देर लग गई।

इन पुरानी बातों को सोचते-सोचते चंदन ने सोचा कि कीरत को पिंग करे। उसके चैटबॉक्स में गया। देखा, वहाँ तीन महीने पुराने मैसेज थे। यहाँ आने के बाद बातों का सिलसिला कम हो गया था। वह बैंगलोर आने के बाद की बातें पढ़ना लगा। कीरत ने पूछा था, "आराम से पहुँच गए थे? होटेल ठीक था? नींद आई अच्छे से?" यह सवेरे जल्दी का मैसेज था। चंदन ने इसका कोई जवाब नहीं दिया था, ताकि मैसेज की टोन से उसकी नींद में कोई खलल न पड़ जाए। हम जिन्हें चाहते हैं, उनकी अतिरिक्त परवाह करने लगते हैं। उसने चैट में देखा कि उसका एक सवाल तो अब तक अनुत्तरित था, "घर सेट हो गया?" कैसे बताता कि सेट हुआ या नहीं।

कीरत के लिए चंदन का अनुराग और उसके प्रति आकर्षण बढ़ता जा रहा था। वह उस चैटबॉक्स में जाता-आता रहा। फिर आख़िरकार उसने पिंग किया- "कुछ कह दो अच्छा-सा। अगर कह सको।"

अबकी बार जवाब तुरन्त आया, "के ताल" (स्पैनिश में- कैसे हो)।

चंदन को लगा जैसे कीरत ने मुस्कुराते हुए यह जवाब लिखा है। हालांकि जवाब में कीरत ने कोई स्माइली नहीं भेजी, पर चंदन ने जैसे उसे पढ़ लिया। अगर यही बात कुछ दिन पहले की गई होती तो कीरत शायद कोलन लगाकर कोष्ठक बन्द कर देती और वह स्माइली चंदन के दिल के कोष्ठक में खुलती। चंदन ने जवाब में लिखा, "मुई माल" (बहुत ख़राब)।

उसने पूछा, "पोर के" (क्यों)?

वो बोला, "नो से पोर के" (पता नहीं क्यों)।

उसने फिर कहा, "अरे बोलो ना क्या हुआ"। कीरत उसके सामने नहीं थी, लेकिन उसे लगा यही कि वह यहीं है।

वो बोला, "तुम छोड़ो।"

वो बोली, "तुम वो मेरा वाला फ़ेवरिट गाना सुन लो।"

वो बोला, "सुनने का नहीं, सुनाने का मन है।"

वो बोली, "किसे"।

वो बोला, "जो सामने आकर बैठ जाए और दिल लगाकर सुने।"

वो बोली, "कान लगाकर सुना जाता है। दिल लगाकर कौन सुनता है"?

वो बोला, "कान लगाकर चोरी से दूसरों की बातें सुनी जाती हैं। दिल के तराने सामने बैठकर, मुस्कुराती आँखों से दिल लगाकर सुने जाते हैं।"

वो बोली, "एक काम करो। मिरर के आगे बैठ जाओ।"

वो बोला, "ओके।"

यह "ओके" पाकर उसने फिर पूछा, "अरे हुआ क्या है, बोलोगे कुछ?" अबकी बार कीरत ने चंदन की परेशानी को भाँप जाने से बढ़ी अपनी परेशानी को छिपा लिया। हालांकि ये भी अगर पहले वाला कोई दिन होता, तो भी वह इस परेशानी को ज़ाहिर न करती। क्योंकि वह मुस्कुराहटें बाँटती है, परेशानियाँ नहीं।

कोई जवाब न पाकर वो बोली, "एस्क्रिबीर उन पोएमा" (कोई कविता लिख लो)।

वो बोला, "किएरो एस्क्रिबीर उन पोएमा तोदोस लोस दिआज़ पारा आतेरते सोनरेईर" (मैं ऐसी कविता लिखना चाहता हूँ, जो तुम्हारे होठों पर रोज़ाना मुस्कान लाती रहे)।

चंदन की यह बात सुन कीरत मुस्कुराई। लेकिन अपनी मुस्कुराहट को छुपा गई। जाने क्यों। और जवाब में केवल इतना लिखा, "तोदो लो मेखोर" (शुभकामनाएँ)।

स्पैनिश दोनों के बीच का ऐसा फ़ोल्डेबल पुल थी, जिसे वे कभी भी दो सिरों पर टाँगते और उस झूलते पुल के ज़रिए एक-दूसरे तक पहुँच जाते। मुंबई में स्पैनिश का दोनों को बहुत सहारा मिला था। वे अक्सर लोकल में या किसी रेस्त्रां में स्पैनिश में बतियाते। ताकि सार्वजनिक स्थानों पर भी उनका निजीपन बना रहे।

लेकिन कीरत की "शुभकामनाएँ" पाकर चंदन की परेशानियाँ कुछ और बढ़ गईं। वह इस तरह तो जवाब नहीं दिया करती थी। दोनों का बातों में बीतने वाला समय धीरे-धीरे कम हो चुका था। एक-दूसरे की वॉट्सऐप वाली खिड़की पर आवाजाही कम हो गई थी।

वह तयशुदा आदत के मुताबिक शाम को दफ़्तर से निकलते वक़्त उसे मैसेज करता- "हाइ!:D:D"। लेकिन पहले जवाब कम हुए। फिर जवाबों से स्माइलियाँ ग़ायब हुईं। फिर कुछ दिन बाद मैसेज ग़ायब होते गए। शायद वॉट्सऐप के गर्भ से जन्मी यह कहानी परिपक्व होने से पहले ही अपनी गति को प्राप्त हो रही थी। न जाने कितनी ही कहानियाँ वॉट्सऐप में बनती हैं और दफ़्न हो जाती हैं। वॉट्सऐप कहानियों का भ्रूण हत्या केंद्र है।

उसने सिगरेट सुलगाई और कलेजे में दफ़्न तमाम परेशानियों को धुएँ के छल्लों के साथ उड़ाने लगा, जो हवा में फैले कन्नड़ संगीत के स्वर में रजा मिले।

तुम्हारे लिए

चंदन के पास अब कीरत की शुभकामनाएँ थीं। कुछ ख़यालात थे। कुछ यादें थीं। कुछ बातें थीं। जो उसने की थीं। कुछ और बातें थीं, जो उसे करनी थी। कीरत से। लेकिन कभी कर नहीं पाया था। उसे याद आया, कीरत ने कहा था, चिट्ठी लिखना। वह लिखने बैठा। एक छोटी-सी चिट्ठी। लेकिन लिखने बैठा तो लिखता चला गया। क्या-क्या लिख गया, ये उसे ख़ुद पता नहीं चला। वह बस लिखता रहाः

"प्रिय कीरत,

इधर शिफ़्ट हो गया हूँ। सॉरी! बहुत दिन बाद बता रहा हूँ। तुमने कहा था, "चिट्ठी लिखना।" सो लिख रहा हूँ। इलेक्ट्रॉनिक चिट्ठी। वॉट्सऐप वाली। आज पुरानी चैट पढ़ रहा था। तुमने पूछा था, घर सेट हो गया? मैंने जवाब नहीं दिया था। जवाब नहीं देने की कोई ख़ास वजह नहीं थी। सोचा था कि अभी सेट नहीं हुआ है ठीक से। जब होगा, तब पिक्चर क्लिक करके भेजूँगा और कहूँगा, अब तुम कभी भी आ सकती हो बैंगलोर। तुम्हारा घर सेट है। हाँ तुम्हारा। लेकिन न तुमने दोबारा पूछा और न मैंने बताया। घर में सेट करने को ज़्यादा कुछ था नहीं वैसे। घर पहले से तकरीबन सेट ही मिला था। यहाँ बैंगलोर में एक आदमी के रहने लायक फ़र्निश्ड घर मिल जाते हैं। 15-20 हज़ार महीने के भाड़े पर। मैंने भी एक घर ले लिया है। ज़्यादा कुछ करना नहीं पड़ा। तुम तो जानती हो, अपने 'नीरज' दादा की ये पंक्तियाँ जीवन का सूत्र हैं अपने लिएः

जितना कम सामान रहेगा
उतना सफ़र आसान रहेगा
जितनी भारी गठरी होगी
उतना तू हैरान रहेगा

सो, गठरी अपनी हल्की है। सफ़र आसान रहा। बस यादों की पोटली थोड़ी भारी हो गई। कल की-सी बात लगती है। लगता है, जैसे तुम अभी आकर दरवाज़े की घंटी बजाओगी।:) लेकिन यह मेरा भ्रम है। पर वह भ्रम नहीं था। जब उस रोज़ मुंबई से निकलने से पहले अपना सामान समेट रहा था। शहर बदलना था। जब भी शहर बदलता हूँ, सबसे पहले किताबें सहेजता हूँ। तुमने तो पैकिंग में भी मदद नहीं कराई। ऐसी क्या नाराज़गी थी भला मुझसे!:)

अगर तुम्हें मेरा वहाँ से आना अच्छा नहीं लग रहा था, तो कह दिया होता मुझसे। तुम तो ऐसे रीएक्ट कर रही थी, जैसे मैं बहुत ख़ुश था बैंगलोर जाने को लेकर। मैंने माँगकर थोड़े ही लिया था तबादला। नौकरी का अपना हिसाब होता है और किताबों का अपना। चार किताबें किसी कोने में रख दो, उनका अलग कोना हो जाता है। संख्या थोड़ी-सी बढ़ा दो, ज़रा तरतीब से लगा दो, वही बुक शेल्फ़ कहाने लगती है। अब देखो ना, मैंने तो शू रैक में जूते न रखकर किताबें रख दी थीं। वही बुक शेल्फ़ हो गई थी अपनी।:D:D

बुक शेल्फ़ भी क्या जगह होती है। पन्नों के बीच यादों का घर। अबकी बार बुक शेल्फ़ खाली करने के लिए कुछ किताबें इधर-उधर कीं तो जैसे यादों का बाँध टूट गया। जैसे केरल के इडुक्की बाँध के गेट बरसों बाद खुले हों। इसी बहाव में वो मैगज़ीन और किताब भी मेरे सामने आ गिरीं, जो तुम अपने बॉस की मेज़ से

उठाकर ले आई थी। मेरे लिए। और मेरे पूछने पर कहा था, किताबों की चोरी, चोरी नहीं होती।:P:P

जानती हो! उस मैगज़ीन के कवर पर मोबाइल का वो टूटा हुआ टैम्पर्ड भी वैसे ही चिपका हुआ था। अरे वही, जिसे तुमने उसी रोज़ मोबाइल से हटाकर वहाँ चिपका दिया था। उस कवर को छुआ तो लगा जैसे तुम्हारी उंगलियों के पोरों ने मेरी उंगलियों को छू लिया। इसके ठीक अगले पल मैं देखता हूँ कि तुम किताबों के ढेर के बीच आकर बैठ गई हो। चुपके से। अब मैं असमंजस में पड़ गया हूँ। तुम्हारी ओर देखूँ या नहीं। तुम्हारी तो आँखें भी ऐसी हैं कि कोई झाँक ले इनमें एक बार, तो निकला नहीं जाता। मैं सोचता हूँ कि मैं इनमें न देखूँ। तुम यूँ ही बगल में बैठी रहो। मैं किताबें निकालता रहूँ। और हर किताब के नीचे वाले हिस्से को, दूसरी किताब के ऊपर वाले हिस्से से चिपकाकर रखने वाली हर याद को दिल के तहख़ाने में जमा करता रहूँ।

बुक शेल्फ़ खाली करते हुए मैं तुमसे कहना चाहता था कि देखो कीरत! कितना भाईचारा होता है बुक शेल्फ में रखी किताबों में। मुंबई लोकल में ठुंसे लोगों की तरह। एक के ऊपर एक। लोकतंत्र भी होता है बुक शेल्फ़ में। सलमान रश्दी और तस्लीमा नसरीन से लेकर मनुस्मृति, अरुंधति राय, लालकृष्ण आडवाणी, जिन्ना, नेहरू, अटल बिहारी वाजपेयी और मुशर्रफ़ तक सब एक खाने में बैठे होते हैं। साथ-साथ। अपना-अपना स्पेस लेकर। और इन सबके बीच एक तुम हो। लगभग हर किताब के किसी न किसी पन्ने पर उपस्थित। अब ये चिट्ठी लिखते हुए तुम फिर आ बैठी आज मेरे सामने। यूँ बैठकर मुस्कुराओ नहीं बस। एक तो तुम्हारी ये आँखें। ऊपर से काजल लगी। उस पर भी मुस्कुराहट पहनकर बैठ जाओ तुम। उफ्फ़...! उस रोज़ मैंने तुमसे इल्तिजा की थी कि

मुझे काम करना है बहुत, तुम जाओ। इन किताबों को पैक करना है। फिर दूसरे शहर ले जाकर इन्हें इनके नए घरौंदे में बैठाना है। इन्हें इधर से उधर करने के इस क्रम में, मैं हर उस पन्ने पर एक बार फिर लौट जाना चाहता था, जिनके कोनों पर आज भी तुम्हारी छुअन है। हर उस पन्ने पर थोड़ी देर ठहर जाना चाहता था, जिन्हें पढ़ते-पढ़ते आँख लग गई थी तुम्हारी। उन पन्नों ने ढाँप लिया था तुम्हारे चेहरे को। वो सारे पन्ने आज भी तुम्हारी साँसों से महक रहे हैं कीरत। इन सारे लम्हों को जीना था तुम्हारे साथ। बहुत जल्दी छूट गया मुंबई। अब लगता है, कितना कुछ करना था, जो छूट गया है। लेकिन तुम तो कहती हो, "अरे चंदन! लगता तो तुम्हें बहुत कुछ है, पर सब कुछ करना नहीं होता है।" पर मुझे तो वो सब कुछ करना है कीरत, जिसका वास्ता निधीश त्यागी जी ख़ुशी से बता गए हैं।

तुम्हें याद है ना, निधीश जी का वो पीस। 'तमन्ना तुम अब कहाँ हो' वाला। जो मैंने तुम्हें पढ़कर भी सुनाया था एक रोज़। 'साथ की ख़ुशी, ख़्वाहिशों की ख़ुशी से अलग है।' पर सच कहें कीरत! ऐसी हज़ार ख़्वाहिशें थीं हमारी। निधीश जी से पहले की। जब निधीश जी की यह किताब आई, तो लगा जैसे हमारी ख़्वाहिशें कह रहे हैं। प्रिय लेखकों के घर जाना था। तुम्हारे साथ। उनसे मिलना था। बातें करनी थीं। कवि सम्मेलन सुनने थे। लाल क़िले वाले। तुम्हारे साथ। एफ़एम पर जोधा-अकबर का 'कहने को जश्न-ए-बहारा है' डेडिकेट करते हुए प्ले करवाना था। तुम्हारे लिए। अब भी बहुत कुछ करना बचा है। मरीन ड्राइव पर बगल में बैठकर तुम्हारे बालों को उड़ते हुए देखना है। चौपाटी के निर्जन कोने की शान्त रेत पर चुप बैठना है। तुम्हारे साथ। दादर वाले ईरानी कैफ़े में चाय पीनी है। तुम्हारे साथ। साइकिलिंग करनी है, संजय गांधी नैशनल पार्क में। तुम्हारे साथ। बारिश में स्कूटी पर घूमना है। तुम्हारे साथ। माथेरान

की पहाड़ियाँ घूमनी हैं। तुम्हारे साथ। चाय बनानी है। तुम्हारे लिए। तबला सीखना है। तुम्हारे लिए। एक सुंदर-सी लाइब्रेरी बनानी है। घर में। तुम्हारे लिए। पहाड़-सी अटलता लानी है, अपने भीतर। तुम्हारे लिए। रेशम-सी मुलायमियत लानी है, अपने व्यवहार में। तुम्हारे लिए। इस दुनिया को ख़ूबसूरत बनाना है। तुम्हारे लिए। तुम्हारे लिए शॉपिंग मैं नहीं कर पाऊँगा। कुछ ख़रीदकर भी नहीं ला पाऊँगा, किताबों के सिवा। हाँ, तुम्हारे लिए एक किताब ज़रूर लिखनी है। अगर कोई प्रकाशक मिला तो वह चोरी कह सकता है इसे, पर मुझे खुलेआम निधीश जी का ये पैटर्न चुराना है। तुम्हारे लिए। मगर फिर भी, देखना तो पड़ेगा। मेरी यह तमन्ना पूरी तरह प्रकाशक के हाथ में होगी कि उस किताब में ये पंक्तियाँ होती हैं या नहीं।

अच्छा चलो अब उठो यहाँ से। मैं मिलूंगा तुम्हें। तुम्हारी शेल्फ़ में रखी किसी किताब के किसी पन्ने पर अंडरलाइन किए दो शब्दों के बीच रहने वाले खाली स्थान में।

सदा से तुम्हारा,

नॉन्सेन्स: P: P

चंदन ने इस पन्ने का फोटो क्लिक किया। वॉट्सऐप खोला। और भेज दिया कीरत को।

सम्बन्धों का प्रबंधन

कीरत को यह चिट्ठीनुमा मैसेज भेजने के बाद चंदन को उसके जवाब का इंतज़ार था। इंतज़ार लम्बा होता जा रहा था। कुछ घंटे बीते। वह दिन में कई बार वॉट्सऐप देख चुका था। दिन बीत गया। जवाब नहीं आया। अगला दिन भी बीत गया। धीरे-धीरे छुट्टी के शनिवार-इतवार भी बीत गए। जवाब नहीं आया। हफ़्ते बीते। महीने बीत गए। इंतज़ार था कि नहीं बीत रहा था। वह सोचने लगा कि शायद उसे ये नहीं भेजना चाहिए था। उसे लगा कि दिल की बातें दिल के अंदर रखनी थी। ज़ाहिर नहीं करना था। उसे चिंता होने लगी। कीरत का कोई तो मैसेज आता। सब ठीक तो है न उधर। उसने फ़ोन किया। घंटी गई। फिर एक आवाज़ सुनाई दी, "द नंबर यू आर कॉलिंग इज़ बिज़ी, प्लीज़ डायल लेटर।" फोन रिजेक्ट हो गया। उसे लगा वह रिजेक्ट हो गया। कुछ देर बाद उसने फिर कोशिश की। फिर घंटी गई। फिर वही टोन सुनाई दी। उससे रहा नहीं गया। उसकी व्यग्रता बढ़ गई। कुछ घंटों बाद उसने फिर नंबर डायल किया। घंटी बजती सुनाई दी। घंटी बजती रही। फिर सामने से आवाज़ आई, "द पर्सन यू आर कॉलिंग इज़ नॉट आन्सरिंग..."। उसने अगले दिन सुबह दफ़्तर पहुँचते ही लिफ्ट में चढ़ने से पहले लास्ट डायल्ड नंबर को फिर डायल किया। अबकी बार कुछ अलग आवाज़ सुनाई दी, "आपल्या कॉल केलेला व्यक्ति इतर कोळाची बोलत आहे। कृपया पुनः प्रयल करा।" कितनी बार प्रयल किया चंदन ने। हर बार विफल। वह सोचने लगा, "जाने क्या हो गया है इस लड़की को। न फ़ोन का जवाब देती है, न मैसेज का। आख़िर

माजरा क्या है।" उसे फिर से दिखाई दिया, मन की खूँटी पर टँगा रह गया 'आउट ऑफ़ साइट, आउट ऑफ़ माइंड'।

"हाय" चंदन जैसे ही सुबह दफ़्तर पहुँचता सबसे पहले प्रेमा उसे सुबह की दुआ-सलाम करती। आज भी यही हुआ। कॉल तक का जवाब न मिलने से व्यग्र और अनमने हुए चंदन ने आज जैसे ही दफ़्तर में कदम रखा, प्रेमा ने मुस्कुराते हुए कहा, "हाइ"। चंदन ने जवाब में 'हेलो' कहा और बिना रुके सीधे अपनी डेस्क की ओर बढ़ गया। 'हाइ' उसे कीरत की याद दिलाता। वह अपने दफ़्तर पहुँचती तो दफ़्तर में कोई उसे अभिवादन करे, उससे पहले ही वह उसे अपनी शाम और कीरत की सुबह का 'हाइ' कहता। शाम की शिफ़्ट में काम करने वालों के लिए शाम ही सुबह होती है। चंदन ने अपनी रिलेशनशिप मैनेजरी में यही निष्कर्ष निकाला था कि कॉर्पोरिट्स में सम्बन्धों की शुरुआत इस 'हाइ' से होती है। फिर धीरे-धीरे उन्हें मैनेज किया जाने लगता है। उसे कभी-कभी ख़याल आता कि सम्बन्धों का प्रबंधन भी कितना दिलचस्प विषय है। उसे नौकरी वगैरह से ज़रा विराम लेकर इस विषय पर कुछ शोध वगैरह करना चाहिए और लिखना चाहिए।

लेकिन जब सम्बन्धों का प्रबंधन किया जाने लगे, तो उन्हें जिया जाना समाप्त हो जाता है। और जब सम्बन्धों को जिया नहीं जाता तो उनमें दीमक लग जाती है। वे धीरे-धीरे ख़त्म होने लगते हैं। मर जाते हैं। यह केवल उन सम्बन्धों की मृत्यु नहीं होती। बल्कि उन सम्बन्धों में रहने वाले लोग भी धीरे-धीरे मृतप्राय हो जाते हैं। इसके विपरीत, सम्बन्धों को यदि जिया जाए तो उनके प्रबंधन की ज़रूरत नहीं रह जाती है। लेकिन कॉर्पोरेट में सम्बन्धों को न सिर्फ़ जीवित रखना होता है, बल्कि मधुर बनाए रखने का एक अलग दबाव भी होता है। और फिर इसी हुनर पर तो उसने इस बहुराष्ट्रीय कंपनी

में नौकरी पाई थी। यह और बात है कि उसे महसूस होने लगा था, उसके अपने जीवन का एक मधुर सम्बन्ध असमय मृत्यु की ओर बढ़ रहा है।

चंदन सम्बन्धों के इस प्रबंधन के लिए काफ़ी हद तक बाज़ार को ज़िम्मेदार मानता था। जब कभी इस तरह की बात आती तो वह अक्सर कीरत से कहता रहता था कि बाज़ार ने सम्बन्धों में कृत्रिमता और बनावटीपन घोल दिया है। सम्बन्धों को बहुत क्षति पहुँचाई है। हालांकि कीरत उससे कहती कि इसी बाज़ार ने सम्बन्धों को नए सिरे से परिभाषित भी किया है और नए-नए सम्बन्ध बनाने, डेवलप करने में भी अहम भूमिका निभाई है। किन्तु वह कहता, सम्बन्ध फोटोग्राफी की लैब में पड़े निगेटिव नहीं होते, जिससे उन्हें डेवलप किया जा सके। सम्बन्ध तो इंटरलॉक्यूटर टाइल्स के बीच के खाली स्थान से लेकर पुराने दर-ओ-दीवारों पर उग आई घास की तरह होते हैं। स्वतः बनते चले जाते हैं और स्नेह के जल से सींचे जाते हैं। प्रेम का सम्बन्ध भी तो ऐसा ही है। सम्बन्धों में आए खाली स्थान को प्रेम उसी हरी घास की भाँति तो भरता है।

लेकिन आज प्रेमा के 'हाइ' से उसे कीरत की बेतरह याद आने लगी। प्रेमा तो रोज़ाना 'हाइ' कहती है। फिर आज ऐसा क्या था कि उसे बार-बार कीरत का ख़याल सताने लगा। उसने फिर सोचा, "एक बार फिर से फ़ोन करके देख लेता हूँ। नहीं, अब नहीं करूँगा। अच्छा बाद में कर लूँगा। थोड़ा इंतज़ार कर लेता हूँ। चलो मैसेज ही छोड़ देता हूँ। नहीं, मैसेज नहीं करना।" उसकी ऊहापोह और बेचैनी बढ़ती गई। अपनी बढ़ी हुई बेचानी को कम करने के मक़सद से उसने इलेक्ट्रॉनिक कॉपी का कोरा काग़ज़ खोला। माइक्रोसॉफ़्ट वर्ड का 'ब्लैंक डॉक्यूमेंट'। फ़ाइल को डॉक्यूमेंट्स में सेव करते हुए नाम दिया 'Hi' और लिखने लगाः

"Hi! तुम सिस्टम ऑन करते समय इस फ़ाइल की लोकेशन के बारे में सोचना। यह मेरा 'हाइ' होगा। फिर माउस से कर्सर को इस फ़ाइल की लोकेशन तक ले जाते हुए हल्के से मुस्कुरा लेना। यह 'हाइ' के आगे लगी:) वाली स्माइली होगी। इस फ़ाइल पर डबल क्लिक कर इन पंक्तियों को पढ़ना, और मुस्कुराहट को आँखों में भर लेना। यह मेरे लिखे गुड मॉर्निंग के आगे: P वाली स्माइली होगी। ऐसे ही सुनना-पढ़ना मेरे 'हाइ' को। जब कभी उदास हो मन या न लगे कुछ अच्छा, तो सोचना अपने सिस्टम में सुरक्षित रखे मेरे नाम के फ़ोल्डर के बारे में। यहाँ ग़ौर करना कि 'सेव' से ज़्यादा सुन्दर लग रहा है 'सुरक्षित'। क्योंकि मैं जानता हूँ इसके भीतर सुरक्षित रखी हैं वे तमाम स्माइलियाँ जो हमारे बीच बिखरी मुस्कुराती रहती थीं। क्योंकि इसके भीतर सुरक्षित हैं, वो तमाम अप्रकाशित बातें जिन्हें तुम हमेशा छपने के काबिल मानती रही और मैं इसे तुम्हारी ग़लतफ़हमी। क्योंकि इसके भीतर सुरक्षित हैं, छुट्टी के दिनों की वो तमाम साझी सुबहें और शामें जो हमने सी-लिंक से लेकर वर्ली सी-फ़ेस तक बिताईं। हर वो दोपहर, जिसमें तुम्हारे 'वेलकम बैक' ने मेरे दिन को एक नई शुरुआत दी। यह सब इस बक्सेनुमा फ़ोल्डर में 'सेव' से अधिक 'सुरक्षित' है। फिर ले जाना तुम अपनी पतली, लंबी, अजीब-अजीब रंगों वाले नेलपेन्ट लगी उंगलियों को सरकाकर मूषक के पास। कराना उन्हें मूषक की सवारी और पहुँच जाना इसकी चोंच को दबाकर इस फ़ोल्डर के बाहर तक। बस बाहर से ही देखना उस बक्से 🗁 को। यहाँ दिखाई देंगी तुम्हें मुस्कुराती स्माइलियाँ और स्माइलियों के पाठ, जो तुमने मुझे पढ़ाए थे। छलांग लगाकर भाग जाएँगी तुम्हारी सारी उदासियाँ। फिर से मुस्कुराएगी एक नई सुबह, नई दोपहर और सम्भावनाओं से भरी एक और शाम। किसी के बहकावे में नहीं आना कि ढलती

शामों में सम्भावनाएँ नहीं होतीं। कि सम्भावनाएँ तो केवल सुबह में होती हैं। ऐसा कहने वाले मिलेंगे तुमको अनेक। लेकिन याद रखना तुम मेरी बात। सम्भावनाएँ उसमें भी होती हैं, जो ढल रहा होता है। ढलते सूरज में सम्भावनाएँ हैं, अगली सुबह उदित होने की। देखो तो हर ढलते पल में सम्भावनाएँ होती हैं। आने वाले पल को सँवारने की। बरगद में सम्भावनाएँ नहीं हैं। सम्भावनाएँ हैं, किसी सूखते पौधे से फूट पड़ने वाली कली में। इसीलिए होती हैं हर पल में सम्भावनाएँ। ऐसे ही देखना तुम हर पल को। सुनना सम्भावनाओं को। लौटकर आना इस फ़ाइल तक और मुस्कुरा देना दिल से। यह तुम्हारी वही वाली स्माइली होगी जो तुमने पृथ्वी कैफ़े में बैठे-बैठे बना दी थी टिशू पेपर पर और लिख दिया था "गूगल कर लेना!" पहुँचना हर दिन ऑफ़िस, करना ऑन सिस्टम, और रख लेना इस फ़ाइल को भी सुरक्षित उसी फ़ोल्डर में। फिर पढ़ना-सुनना 'हाइ' को। इसी तरह।:)"

उसने फ़ाइल अटैच की और कीरत को मेल कर दी। बॉडी टेक्स्ट में लिखा, "पढ़ना-सुनना 'हाइ' को।" यह भेजते हुए उसने सोचा कि जब वॉट्सऐप और फ़ोन कॉल का जवाब नहीं आ रहा है, तो इस मेल का भी क्या जवाब आएगा। फिर भी उसने यह आख़िरी प्रयास किया। यह इस सम्बन्ध के प्रबंधन का नहीं, बल्कि जिये हुए को फिर से जी लेने भर का एक प्रयास था।

सत्य

चंदन ने एक और कोशिश की थी। कीरत से बात करने की। इस चिट्ठी के ज़रिये। इसी कोशिश में लिख दी थी उसने दिल की बात। उस मेल में। मेल तो उसने यह सोचकर किया था कि दिल की बात लिखकर भेज देने से उसे चैन मिलेगा। पर उसकी बेचैनी और बढ़ गई थी। इंतज़ार में बेचैनियाँ बढ़ जाती हैं। यह स्वाभाविक है। कुछ दिनों तक उसके लैपटॉप के एक टैब में जीमेल खुला रहने लगा। इस इंतज़ार में कि कीरत का जवाब आएगा। इंतज़ार जब थोड़ा लंबा हो जाता है तो बेचैनी का स्तर भी थोड़ा बढ़ जाता है। लेकिन ज़रूरी नहीं कि हमारे सारे इंतज़ार फलीभूत हों। फिर भी एक उम्मीद हमेशा रहती है। जीमेल का वह टैब इसी उम्मीद में खुला रहने लगा था। वह जीमेल से ध्यान हटाकर काम में लगाने की कोशिश करता। पर बार-बार भटक जाता। आते-जाते लोग चेहरे पर स्माइल चिपका कर "हाइ", "हेलो", "मॉर्निंग" करते जाते। वह सोचता रहता, यह सब रिलेशनशिप मैनेजमेंट का हिस्सा है। उसे सबके होठों पर मुस्कान फ़र्ज़ी दिखती। जैसा हमारा मन होता है, दुनिया हमें वैसी दिखने लगती है।

वैसे, इस मामले में उसे मिस्टर बंसल कुछ अच्छे जान पड़े थे। वह प्लास्टिक स्माइल को पहचान लेते थे। सपाट लहज़े में "मॉर्निंग" कहते। यूँ बॉस की प्रकृति ही अच्छा न होना है। जो अच्छा होता है, बॉस बनने के बाद वह भी ख़राब हो जाता है। यह बात चंदन

को तब पता चली, जब ख़ुद उसके मातहतों ने एक रात नशे की हालत में उसे यह आत्मबोध कराया कि वह कितना ख़राब व्यक्ति है।

चंदन को कोई "हाइ" कहता तो उसके मन में कोलन और अंग्रेज़ी के कैपिटल वर्ण में डीडी बनते। होठों को पूरा खोलकर बड़ी-सी मुस्कुराहट वाला 'लाफ्टर साइन'। "हाइ" के साथ कोलन और: D: D तो लगाया करती थी कीरत। लेकिन इन दिनों हँसी के सारे 'साइन' कहीं गुम हो गए हैं। अब वो तमाम स्माइलियाँ फ़ोन की स्क्रीन पर नहीं, चंदन के मन में लगती हैं। चंदन सब लोगों के कहे "हाइ" के आगे मन में: D: D लगाता चलता। ऐसा करते हुए उसे मनोहर श्याम जोशी के 'कसप' का नायक 'डीडी' याद आ जाता। फिर याद आता उसका फिकरा, "इश्क़ में ऐसा भी होना ठहरा बल।" वह कसप से निकल, अपने कम्प्यूटर में घुस जाता। कुछ लोगों को अपने-अपने कम्प्यूटरों में घुसा पाता, तो कुछ को चाय-पानी में। इस तरह बहुत बार काम के बीच दूसरे विचारों से घिर जाता। वह ऐसे ही किसी ख़याल से घिरा हुआ था कि मुंबई से बागची बाबू का मैसेज फ़्लैश हुआ। "भावे जी के पिता नहीं रहे।" वह अवाक् रह गया। मुँह से निकला, "अरे कैसे?"

"कई दिनों से बीमार थे। अस्पताल में भर्ती थे।" बागची बाबू ने लिखा। इस पर न वह कुछ कह सका, और न बागची बाबू ने कुछ और कहा। पिता का जाना वे दोनों समझ सकते थे। चंदन और बागची बाबू, दोनों। वे दोनों जानते थे, पिता के न रहने पर ख़ुद का रह जाना क्या होता है। पिता की अनुपस्थिति में अपनी उपस्थिति क्या होती है। अनुपस्थिति में पिता कैसे और अधिक उपस्थित रहने लगते हैं। उन्हें मालूम था, माँ की आँखों का सूनापन क्या होता है। वे

जानते थे, छाँव क्या है, धूप क्या। दोनों भावे जी से न बात कर पाए थे, न कोई मैसेज छोड़ पाए थे। चंदन ने देखा, लोग सांत्वना संदेश भेज रहे हैं। फ़ोन कर रहे हैं और उनके पिताजी के बारे में अपने हिस्से की अच्छी यादें बाँटकर उनका मन हल्का करने की कोशिश कर रहे हैं। वह सोचने लगा, बोलना क्यों ज़रूरी होता है? क्यों किसी के दुनिया से चले जाने पर शोक सभाओं में किसी शख़्सियत के बारे में अच्छी-अच्छी बातें करना ज़रूरी होता है। क्यों मौन को नहीं समझा जाता है? क्यों मौन रह जाना पर्याप्त नहीं है? क्यों हम मौन रहना नहीं चुन पाते हैं? किसी भी परिस्थिति में। क्यों किसी के मौन को उसकी कमज़ोरी मान लिया जाता है? जबकि बहुत कठिन होता है, मौन को चुनना और मौन रह जाना। वे दोनों जानते थे, दिलासा भरे मैसेज भी उस घड़ी में दिलासा नहीं दे पाते। दिलासा वही है, जो इंसान ख़ुद को समझाने के लिए दे पाए। ठीक वैसे ही, जैसे सत्य वही होता है, जिसे व्यक्ति अपना मन बहलाने के लिए स्वीकार कर ले। इसीलिए सबका सत्य अलग-अलग हो जाता है। लेकिन मृत्यु! मृत्यु सार्वभौमिक सत्य है। जीवन का अन्तिम सत्य। पिता के नहीं रहने पर रहने वाला जीवन अब उन तीनों के हिस्से का सत्य है।

भावे जी। नेकदिल इन्सान। कभी किसी के काम को मना न करने वाले। वरिष्ठ हैं, पर कद-काठी ऐसी कि कनिष्ठों को भी मात दें। उनके पिता का समाचार सुन यहाँ दफ़्तर में भी एकबारगी कुछ गहमागहमी-सी हुई। अफ़सोस जताया गया। और अफ़सोस जताने वालों में पांडे जी अग्रणी रहे। कुछ देर बाद चंदन कैंटीन गया। वहाँ उसने देखा कि पांडे जी चार-पांच लोगों से घिरे बैठे हैं और अपने ठेठ कनपुरिया अन्दाज़ में मार किस्से पे किस्सा सुनाए पड़े हैं। उसे लगा, जैसे वह कानपुर बिजली बोर्ड के दफ़्तर में आ गया है।

यह बीते नौ साल में चंदन का नौंवा दफ़्तर था। उसका अनुभव था कि पांडे जी जैसे लोग हर दफ़्तर की रौनक होते हैं। हर किसी से हँसकर बात करने वाले। सबकी दुआएँ बटोरते रहने वाले। उनकी प्राथमिकता में काम सदा रहता आया है। कल्याण का। सहकर्मी के। या स्वयं के। ये लोग कल्याण कर्म की शपथ लेकर पद ग्रहण करते हैं। कम्प्यूटर में इस तरह मसरूफ़ रह लेते हैं, जैसे लगे कि उनसे अधिक व्यस्त कोई नहीं हो सकता। सम्भवतः ऐसे ही लोगों के लिए कहा गया है, "कम्प्यूटर आने का एक फ़ायदा यह भी हुआ है कि लोग कुछ भी न करते हुए बहुत कुछ करते हुए दीख पड़ते हैं।"

यह तो वह देख ही लिया करता था। किन्तु, फिलहाल देख रहा था कि लोग इस पार खड़े होकर मृत्यु को कैसे देखते हैं। उन्हें मृत्यु का भय रहता है, पर उससे न डरने का स्वांग समानान्तर रूप से रचते रहते हैं। वह कानपुर बिजली बोर्ड का दफ़्तर बनी कैंटीन से उठकर आ गया। अपनी कुर्सी पर बैठ गया। कुछ देर तक लैपटॉप की स्क्रीन को देखता रहा। फिर ख़ुद से कहा, "सब ठीक हो जाएगा।" और इसके आगे कीरत का दिया: D: D लगाया। यह "सब ठीक हो जाएगा" उसके दोस्त मलासी से उधार में माँगा तकिया कलाम था। हालांकि, मलासी ने ये कहाँ से लिया था, ये उसने कभी बताया नहीं था।

यह और बात थी कि ठीक कुछ नहीं हो रहा था। उसकी, मलासी और पाठक की तिकड़ी भी लगभग टूट चुकी थी। वो प्यार से उन्हें खलासी और फाटक बुलाता। हँसते-हँसते लोटपोट होकर कहता, ग़ज़ब का कॉम्बिनेशन है खलासी और फाटक। लेकिन यहाँ समय के साथ और भी बहुत कुछ टूट रहा था। उसने ख़ुद से कहा, बदलता रहेगा समय सदा। बदलती रहेंगी हर समय की

समस्याएँ। बदलते रहेंगे समाधान। बदलती रहेगी जीवन की गति। नहीं बदलेगा तो दिलों का धड़कना और जिस दिन थम जाएगी हृदय गति, अपनी गति को प्राप्त हो जाएगा जीवन। वैसे ही, जैसे अपनी गति को प्राप्त हो गए हैं कितने ही सम्बन्ध। कुछ प्रबंधन के अभाव में और कुछ प्रबंधन के भाव में।

चलना ही ज़िन्दगी है

दो महीने और बीत गए। वैसे ही। खाली। उस मेल का कोई जवाब नहीं आया। चंदन इन दो महीनों के दौरान रह-रहकर अपने मेलबॉक्स को रिफ्रेश करता रहा। लेकिन मन रिफ्रेश नहीं हुआ। भारी मन होता गया। कुछ दिन और बीत गए। वह बैंगलोर में था, लेकिन उसका मन मुंबई में अटका हुआ था। इस बीच उसने कीरत को बहुत बार फ़ोन लगाया, पर 'नो रिप्लाय'। उसने सोचा, 'आउट ऑफ़ साइट, आउट ऑफ़ माइंड' वाली कहावत चरितार्थ हो रही है। ख़ुद उस पर। बातचीत की हर खिड़की बन्द हो गई थी। क्यों और कैसे, यह वह नहीं जानता था। जानना चाहता था। क्या वजह हो सकती है। न फ़ोन, न फ़ोन का जवाब। न मैसेज का जवाब। किसी भी तरह बात नहीं हो पा रही थी। प्रेम के बने रहने और प्रेम में बने रहने के लिए बातों का होना ज़रूरी है। बातें प्रेम की भूमि को उर्वर बनाए रखती हैं। इसीलिए आज उसने सोचा कि वह बात करके ही रहेगा। उसने तरक़ीब निकाली। कीरत के ऑफ़िस में फ़ोन लगाया। सीधे उसकी डेस्क के लैंडलाइन पर। यह नंबर उसने तब सेव कर लिया था, जब कीरत ने एक रोज़ उसे अपने ऑफ़िस से फ़ोन किया था। यह उसके ऑफ़िस में फ़ोन करने का उसका पहला प्रयास था। इस पहले प्रयास में उसे आंशिक सफलता मिल गई। कहने को इसे असफलता भी कहा जा सकता है, लेकिन उसने अपने मन को और अधिक डूबने से बचाने के लिए इसे आंशिक सफलता करार दिया। सामने से आई एक आवाज़ से फ़ोन की घंटी का बजना थमा, "हेलो..." यह कीरत की आवाज़ थी।

उसने तुरंत पहचान लिया। "ह..लो.." चंदन ने अरसे बाद कीरत की आवाज़ सुनी तो उसकी आवाज़ गले में अटकी-सी रह गई। उसने भी कहा, "हेलो।"

सामने से फिर एक आवाज़ आई, "ओह! तुम हो..."

उसके उदास मन को थोड़ी ख़ुशी मिली। उसने कहा, "हाँ मैं..."

वो बोली, "बोलो ना..."

वो बोला, "क्या बोलूँ, कहाँ हो तुम इतने दिनों से। न फ़ोन का जवाब देती हो, न मैसेज का। क्या हुआ है? सब ठीक है? तुम जानती हो, मुझे कितनी चिंता हो रही थी? कोई एक मैसेज तो कर सकती थी। बात नहीं करनी थी, तो भी ईवन ये ही कह दिया होता, डोन्ट कॉल मी अगेन।"

एक साथ आए इतने सारे सवालों के जवाब में वह केवल यही बोली, "अरे रुक भी जाओ। मैं कहीं नहीं थी। आय वॉज़ हियर ऑनली।"

चंदन आगे कुछ कह पाता, इससे पहले उसने फिर कहा, "अच्छा सुनो ना! कल बात करते हैं। मैं करती हूँ तुम्हें फ़ोन।" और उसने फ़ोन रख दिया।

चंदन को लगा, ज़रूर कुछ गड़बड़ है। वह समझने की कोशिश कर रहा था कि कीरत अचानक क्यों बदल गई। फ़ोन करने पर भी बात नहीं की। कोई कितना भी व्यस्त रहे, किसी से अरसे बाद बात हो रही हो तो कम से कम इतना तो पूछ लेता है कि कहो कैसे फ़ोन किया। कीरत ने यह पूछना तो दूर, फ़ोन पटक दिया। क्या वो मुझसे कोई रिश्ता नहीं रखना चाहती है? या फिर उसे मुंबई की उस साझी रात का गिल्ट हो रहा है, जिसके ठीक अगले दिन मैं

वहाँ से निकल आया था? नहीं-नहीं! उसे लगा, जैसे वह बीमार हो जाएगा। उसने डायरी खोली, तारीख़ डाली और लिखा अकेलापन। इसे काट दिया। फिर लिखा अवसाद। इसे भी काट दिया और लिखा तनाव। फिर तनाव को काटकर लिखा, ख़्वाब। पर ख़्वाब तो टूट रहा था, सो इससे उपजा दुःख। लेकिन दुःख-सुख और प्रेम हम लिख कहाँ पाते हैं। यह सोचकर उसने सब काट दिया।

वह फिर एक बार अकेलेपन में एकालाप करने लगा। एकाएक वह भारीपन से भर गया। सारा दिन भारी गुज़रा। आज दफ़्तर से जाते हुए मेट्रो में भी हर कोई उसे अकेला प्रतीत हुआ। कानों में ईयरफोन लगाए अपने अकेलेपन में कुछ आवाज़ें भरता-सा। मोबाइल की स्क्रीन में नज़रें गड़ाकर अपने अकेलेपन के लिए कुछ एक दृश्यों का साथ तलाशता-सा। अपने में खोया-सा। वह ख़ुद भी तो अकेला था। व्यक्ति अकेले में ख़ुद से बातें करता है, तो क्या यह ख़ुद को पा लेने की अवस्था है? नहीं! ख़ुद को पा लेने की अवस्था तो आत्मा से साक्षात्कार है। मोह से मुक्ति है। लेकिन वह तो मोह में अनुरक्त हुआ जाता है। यह ख़ुद को पा लेने की नहीं, ख़ुद से दूर जाने की अवस्था है। उसने सोचा कि दुनिया के सारे अकेले लोग साथ आ जाएँ तो भी इस अकेलेपन को हटाया जा सकता है।

वह भूलना कुछ चाहता और भूल कुछ जाता। इसी बीच, मैसेंजर की घंटी बजी। उसने फ़ोन उठाया। स्क्रीन के पर्दे को ऊपर से नीचे की ओर गिराया। नोटिफ़िकेशन बार से मैसेज देखा। लिखा था, "हे... यू आर इन बैंगलोर।" यह मंदाकिनी थी। टाइम्स नाउ की एजुकेशन रिपोर्टर। उसकी बैचमेट। कितनी खिली-खिली सी रहती थी। आज भी जैसे वैसे ही चहकते हुए मैसेज किया था। चंदन ने मैसेंजर खोला और कहा, "यस डार्लिंग।" और बातों का सिलसिला चल निकला।

चंदन ने कहा, "मिल ले।"

वो बोली, "अरे क्यों नहीं। मैं तुझे बताने ही वाली थी। नेक्स्ट मंथ, फर्स्ट वीक आईआईएम का एक इवेंट है। उसी में मिलते हैं।"

आईआईएम का नाम सुनकर चंदन की जिज्ञासा बढ़ गई। वह उस इवेंट के बारे में सब कुछ जान लेना चाहता था। उसने कहा, "अरे आज-कल में मिलते हैं ना! मैं इतने दिनों से यहाँ हूँ और अब तक एक मुलाकात भी नहीं हुई।"

"कल शाम मिल लेते हैं, इलेक्ट्रॉनिक सिटी वाले बरिस्ता।" मंदाकिनी ने कहा।

"डन।" चंदन ने जवाब दिया।

अगली शाम दोनों मिले। मंदाकिनी अब भी एकदम पहले जैसी दिखती है। उसने पूछा, "तू कहाँ रहता है यार आजकल। अपने बैच के वॉट्सऐप ग्रुप में भी कभी नहीं दिखता। बैंगलोर आ गया और बताया तक नहीं।" चंदन ने सवाल हँसी में उड़ाते हुए बात बदल दी और उसी से पूछ लिया, "तू बता। शादी-वादी करने का कुछ सोचा या नहीं। तुझे तो लव मैरिज करनी थी ना?

"तलाक़ भी हो गया मेरा तो। तभी तो इतनी ख़ुश हूँ।" मंदाकिनी ने जैसे शादी से उपजे सारे तनाव को तलाक के साथ झटकते हुए कहा।

"अरे पर शादी कब की तूने?" चंदन ने हैरत से पूछा।

"दो साल पहले तो हुआ था ये हादसा। अक्षत को भूल गया तू?"

चंदन को जैसे धक्का-सा लगा। उसने मंदाकिनी से माफ़ी माँगते हुए कहा, "सॉरी यार! मैं एकदम भूल गया था। मुझे बीते कुछ

बरसों का कुछ याद नहीं है। ऐसा लगता है जैसे किसी ने मेमरी बॉक्स के कुछ हिस्से पर शिफ्ट+डिलीट कमांड चला दी हो। याद करने पर भी याद नहीं आता।"

"अरे ठीक है। कोई बात नहीं। पर ऐसा कुछ महसूस होता है तो एक बार डॉक्टर को दिखा ले ना।"

"हाँ, दिखा लूँगा। तू वो आईआईएम वाले इवेंट के बारे में कुछ बता रही थी।" चंदन ने पूछा।

मंदाकिनी ने बताया, "अरे दिस इज़ ए यूनिक़ इवेंट। बाय द एलमनाइज़, फ़ॉर द एलमनाइज़। एलमनाई एसोसिएशन ऑर्गैनाइज़ कर रहा है। और आईआईएम इंदौर ने इसकी शुरुआत की थी। अबकी बार बैंगलोर में हो रहा है। तो आईआईएम इंदौर के एलमानइज़ भी आएँगे। इट वुड बी ए फ़न इवेंट। वी विल ऑल्सो डू सम फ़न डार्लिंग।" मंदाकिनी ने आवाज़ में शरारत भरकर कहा और दोनों हँसने लगे।

चंदन इस इवेंट में अपनी एंट्री मंदाकिनी के साथ फ़िक्स करके वहाँ से निकलने लगा तो मंदाकिनी ने पूछ लिया, "ये तुझे आईआईएम में इतनी दिलचस्पी क्यों हो गई वैसे अचानक?"

"अरे कुछ नहीं, मुंबई में था तो वहाँ आईआईएम इंदौर के कुछ दोस्त बन गए थे। तो सोचा कि अब तो बहुत दिन हो गए मुंबई से आए हुए। अपने कुछ पुराने दोस्तों से मिल लेंगे।" चंदन ने मानो सफ़ाई पेश की।

"बेटा दाल में मुझे तो ज़रूर कुछ काला लगता है। ख़ैर! कोई बात नहीं। आ जइयो तू। हम भी मिल लेंगे तेरे आईआईएम वाले पुराने दोस्तों से।" मंदाकिनी ने तिरछी आँखों से कहा।

"चल फिर मिलते हैं", के ध्येय वाक्य के साथ चंदन ने विदा ली और मन ही मन ख़ुश होने लगा कि कीरत भी आएगी। उसे रामचरितमानस की चौपाई याद आई। "मिलहीं न रघुपति बिनु अनुरागा। किए जोग तप ग्यान बैरागा।" अनुराग के बिना कहाँ कुछ मिलता है। यह अनुराग का अभाव ही तो है, जो मनुष्य को खोखला बनाता है और अकेलेपन की ओर ढकेलता है। उसे लगा कि वह अवसाद के गहरे गड्ढे से निकल रहा है। चंदन को इस गहरे गड्ढे से सिर्फ़ दो चीज़ें निकाल सकती थीं। कविताएँ और कीरत। कविताएँ उसके ज़ेहन में ऐसे आतीं, जैसे विदर्भ में बरसात। ज़्यादा परेशान होने पर वह कुछ कविताओं के पास जाता और उनका पाठ करने लगता। और कीरत से मिलने की उम्मीद में वह यह भी नज़रअन्दाज़ करने लगा था कि वो लड़की अभी दो दिन पहले तक भी उसे नज़रअन्दाज़ कर रही थी। उसने अपने मन को समझाया, 'लेट इट गो।' जीवन में हमें न जाने कितनी बातों को लेट गो करना पड़ता है। उसने ख़ुद से सवाल किया, "क्या ज़िन्दगी लेट इट कम, लेट इट हैपन और लेट इट गो का ही नाम है?" उसे याद आया, यही बात तो किशोर दा ने गाकर कही है, चलना ही ज़िन्दगी है, चलती ही जा रही है...। अब उसे इंतज़ार था, आईआईएम इंदौर के बैंगलोर चैप्टर वाले इवेंट का।

हसनपरी

आख़िरकार वह दिन भी आ गया, जिसका उसे इंतज़ार था। बड़ी शिद्दत से राह देखी थी इस दिन की उसने। इससे ठीक पहले वाली रात सो भी नहीं पाया था। व्यग्रता सोने नहीं देती। न कुछ करने देती है। शाम की व्यग्रता इतनी बढ़ गई कि उसने तय कि वह आज की छुट्टी ले लेगा। उसने बॉस को मैसेज टाइप किया, "नॉट वेल सर। अनेबल टू कम टू ऑफ़िस टुडे।" और इंतज़ार करने लगा। बॉस से ओके मिलने का नहीं, आईआईएम इंदौर के बैंगलोर चैप्टर के उस मेगा इवेंट का, जिसे वो 'करो या मरो' वाला दिन मान रहा था। उसने मन में तय कर रखा था कि अगर वो मिली तो उसे बिठाकर तमाम बातें करेगा उससे। लेकिन अगर वो नहीं आई तो! उसके दूसरे मन ने शंका ज़ाहिर की। अगर उसे बैंगलोर आना था, तो वो एक बार ज़िक्र तो ज़रूर करती। उसने बताया भी नहीं। लेकिन बताती तो तब न, जब बात कर रही होती। उसके मन ने उसे फिर समझाया। जो भी हो, अब वहाँ जाकर सारी गाँठें खुल जानी हैं। बस कुछ घंटों की बात और है। चंदन को अब शाम का इंतज़ार था। आज की शाम में सम्भावनाएँ थीं। कीरत के मिलने की। लेकिन चंदन नहीं जानता था कि आज का यह दिन उसके जीवन का निर्णायक दिन साबित होने वाला है। कीरत भी कहाँ कुछ जानती थी। वह तो सोच तक नहीं सकती थी कि आज चंदन उसके सामने आ जाने वाला है, अचानक। कौन जानता है कि अगले पल में क्या घटित होने वाला है।

चंदन को नहीं मालूम कि कीरत के मन में इस वक़्त क्या चल रहा है। जो चंदन का हाल है, कमोबेश वैसा ही कीरत का भी है। व्यग्रता दोनों ओर से है। लेकिन कीरत के मन में यह व्यग्रता इसलिए बिल्कुल भी नहीं है कि चंदन वहाँ आने वाला है। अगर उसे चंदन से मिलने की व्यग्रता होती तो वो कब का उसे बैंगलोर के इस इवेंट के बारे में बता चुकी होती। उसकी व्यग्रता का नाम है- अमेय। वह जानती है कि अमेय यहाँ ज़रूर आएगा। वॉट्सऐप ग्रुप में घूमती अटैंडीज़ की लिस्ट में उसका नाम 5वें नंबर पर था। कीरत ने उसका नाम इस लिस्ट में देखने के बाद यह तय करने में 5 मिनट भी नहीं लगाए थे कि उसे भी यहाँ जाना है। उसके मन में अमेय से मिलने की, उससे बात करने की इच्छा अब भी बलवती थी। वह उस लिस्ट में अमेय के नाम के ठीक नीचे अपना नाम देखना चाहती थी। उसने ज़रा-सा रुककर सोचा। लिस्ट पर टैप कर इसे कॉपी किया। ग्रुप में वापस पेस्ट किया और अपना नाम टाइप करने लगी। लेकिन इतनी देर में लिस्ट में दो नाम और जुड़ चुके थे। उसने देखा कि वह फिर अमेय से कुछ दूर हो गई। उसने लिस्ट को दोबारा कॉपी किया और अमेय से दो नाम की दूरी पर अपना नाम टाइप कर दिया। आज वह सोचने लगी कि अमेय वहाँ मिलेगा। कैसे मिलूँगी मैं उससे? क्या मुझे इनिशिएट करना चाहिए? या वो ख़ुद ही इनिशिएट कर देगा? या फिर देखना चाहिए कि मिलने पर वो कैसे रिएक्ट करता है? नज़रें चुराता है या खुलकर मिलता है? क्या उसकी नज़रें भी इतने लोगों के बीच मुझे खोज रही होंगी, जैसे मेरी नज़रें उसे खोज रही होंगी? अगर हमारी नज़रें मिलीं, तो मैं इनिशिएट नहीं करूँगी। उसने सोचा। उसके दूसरे मन ने कहा, देख कीरत! अगर तुझे अमेय से बात करनी है, तो इनिशिएट तो तुझे करना होगा। लेकिन उसे ये ज़ाहिर नहीं करना है कि वो कितनी बेताब रही है उससे बात करने को। उसकी

बेताबी को समझने की कोशिश करनी है। इसी उधेड़बुन में वह पैकिंग करती जा रही थी।

उधर, चंदन के फ़ोन की घंटी बजी। उसने सोचा ज़रूर बॉस का होगा। उसने फ़ोन उठाया। देखा, मंदाकिनी का है। फ़ोन उठाकर धीमी आवाज़ में बोला, "हाँ... हेलो!"

सामने से आवाज़ आई, "ओए रोतू देवता!"

"बोल मेरी हसनपरी।" चंदन ने अबकी बार आवाज़ में ज़रा ताज़गी भरते हुए कहा। कॉलेज के दिनों में मंदाकिनी हँसती रहती थी, इसलिए वह उसे 'हसनपरी' कहता था और वह उसे 'रोतू देवता'।

मंदाकिनी ने पूछा, "तुझे कल्चरल बीट पर काम करने का बहुत शौक़ था ना आईआईएमसी के दिनों में।"

"हाँ! था। आज भी है। पर क्या हुआ?" चंदन ने कहा।

"तो मुंबई जाना चाहेगा वापस?" मंदाकिनी ने पूछा।

"दुनिया के किसी भी कोने में चला जाऊँगा यार, बस पैसे मिल जाएँ।" ये आईआईएमसीअन्स का तकिया कलाम था।

"अनिल देव कल्चरल बीट के किसी अच्छे आदमी की तलाश में हैं। वो एक नया प्रोजेक्ट लेकर आ रहे हैं। यूथ बेस्ड। आज शाम को मिल तो बताती हूँ और पैसा भी अच्छा मिल जाएगा। इंडस्ट्री में घुस जाएगा एक बार, तो आगे का रास्ता अपने आप बन जाएगा। तू आज का इवेंट देख, जिन दोस्तों या जिस दोस्त, जिस भी किसी से मिलना है, मिल। और मैं तो कहती हूँ, कल की फ़्लाइट पकड़कर मिल आ अनिल देव जी से।" मंदाकिनी ने एक साँस में सब कह दिया।

"अरे वाह! क्या ख़बर दी है तूने यार। इसीलिए तो तू मुझे सबसे प्यारी है। अभी इस्तीफ़ा लिख देता हूँ।" चंदन ने दोगुने उत्साह से कहा। उसने तो जैसे अनिल देव के साथ काम करना शुरू कर दिया।

"अबे पागल-वागल हो गया है क्या। पहले मिलकर आ। काम पका। पैसा-वैसा देख कितना क्या मिलता है। इस्तीफ़ा तो फिर लिखना ही है। और शाम को मिल गेट नम्बर 1 पर। मीडिया की एंट्री उधर से है।" मंदाकिनी ने कहा।

चंदन की ख़ुशी का ठिकाना न था आज। वह शाम को कीरत का गिफ़्ट किया कुर्ता और उस पर अपने दोस्त 'फाटक' की दी सदरी पहनकर आईआईएम के गेट नम्बर 1 पर पहुँचा। मंदाकिनी के साथ होने से उसमें फिर से पहले जैसा तेवर आ गया था। उसने मंदाकिनी से कहा, "एक बात पूछूँ?"

"हाँ पूछ!"

"सुराही याद है तुझे?"

"तू मुझसे ये पूछ रहा है। भूल गया तू जब होली वाले दिन गर्ल्स हॉस्टल में घुस आया था और हमारी वार्डन को शक हो गया था। कहाँ-कहाँ नहीं ढूँढ़ा था उसने तुझे। तब भी बेटा तुझे मैंने ही बचाया था और उस वक़्त अगर तुझे उस सुराही से पानी न पिलाया होता तो प्राण ही सूख गए थे तेरे।"

"हाहाहा।" चंदन हँस दिया। "तेरे बड़े अहसान हैं यार मुझ पर। अच्छा वो छोड़, ये बता कि सुराही से पानी निकालना याद है तुझे?"

"लगता है बेटा तुझे कोई केमिकल लोचा हो गया है आईआईएम आकर। जाने क्या-क्या बके जा रहा है।"

"अरे तू बस उतना बता ना जितना पूछ रहा हूँ।"

"अच्छा ठीक है पूछ। तू भी जी ले अपनी ज़िन्दगी।"

"भरी सुराही को खाली किया है कभी?"

"हाँ ख़ूब किया है। उस दिन भी कर देती, अगर हॉस्टल का वो कमरा इतना छोटा ना होता। फिर काम भी मेरा ही बढ़ता।"

"तू उस हॉस्टल से बाहर आ यार। ये बता कि सुराही को खाली करते वक़्त कैसी आवाज़ आती है?"

"अरे यार... अलग-सी आवाज़ आती है।"

"हाँ पर कैसी?"

"गुड़गुड़ गुड़गुड़ गुड़गुड़ गुड़ जैसी।"

"हाँ... तेरी हँसी एकदम वैसी ही है।"

"ओ तेरी। ये कहाँ से लाया रे तू।"

"अच्छा सुन!"

"हाँ बोल!"

"एक बात और पूछूँ?"

(हँसते हुए) "हाँ पूछ ना। मज़ा आ रहा है मुझे। ऐसे किसी ने भी नहीं पूछा पहले।"

"सुराही का पानी याद है, कितना ठंडा रहता था?"

"हाँ। भरी गर्मी में भी वॉटर कूलर से पानी कहाँ भरकर लाते थे हम रूम में। सुराही का ही तो पीते थे।"

"बस वैसी ही ठंडक पहुँचाती मेरे मन को तेरी ये गीली हँसी।"

"अबे ओ ट्रिपलिकेट गुलज़ार। अन्दर चल। वहाँ तेरे जैसे और गुलज़ार मिलेंगे। और मुझे लाइन मारना बन्द कर। मैंने लाइन देना बहुत पहले बन्द कर दिया है। साला आईआईएमसी में तो तुझे अंग्रेज़ी लड़कियाँ अच्छी लगती थीं।"

दोनों अन्दर जाते हैं। अन्दर एक अलग दुनिया है। ये वे लोग हैं, जो देश-दुनिया के कोने-कोने से आकर जुटे हैं। यूँ एक ख़ास मक़सद से इनका आना-जाना लगा ही रहता है, जिसे अख़बारों में 'समिट या कॉन्फ्रेंस' लिखा जाता है। भले ही मंदी के नाम पर मज़दूरों की तन्ख़्वाह कितनी भी काट ली जाए, पर इन सब खर्चों में कटौती नहीं होती। कॉकटेल के बिना ऐसे आयोजन नहीं होते। तकरीबन सबके हाथों में गिलास है। बैकग्राउंड में मंद-मंद स्वर में इंस्टूमेंटल संगीत बज रहा है। इस संगीत पर थिरकती मुस्कुराहट तितली की भाँति एक जोड़ा होठों से उठकर दूसरे जोड़ा होठों पर जाकर बैठ रही है। निगाहें कहीं टिकती नहीं हैं और लगातार नए कनेक्शंस की टोह में उड़ती दिखाई देती हैं। लेकिन एक जोड़ा आँखें हैं, जो केवल एक लड़की पर टिक गई हैं। चंदन को कीरत दिखाई देती है और वह उसे अपने इतने क़रीब खड़ी देखकर मन ही मन सोचता है कि ख़ुशी हमारे आसपास ही रहती है और हम उसे दूर कहीं ढूँढ़ते रहते हैं।

सुनना

"हाइ" वही आवाज़। शहद-सी मीठी। वही अन्दाज़। अपनेपन की चाशनी में भीगा। वही ताज़गी, वही खनक। वही दो शब्द। दिन की शुरुआत वाले। वही सिरा। जिससे संवाद की डोर शुरू होती है। वही ख़ुशबू। अन्तस के इत्र में भींजी।

यह आवाज़ चंदन के कानों में पड़ी। हॉल में मंद-मंद स्वर में बजते इंस्टूमेंटल संगीत को काटकर। उसके कानों में कीरत की आवाज़ का संगीत घुल गया। उसने देखा, कीरत को। काली साड़ी में। चंदन की ओर उसकी पीठ है। किसी दूसरे लड़के की ओर चेहरा। उसने मंदाकिनी से कहा, "देखो! ये यहीं थी। और मैं कहाँ-कहाँ ढूँढ़ रहा था। लव यू यार।" वह मंदाकिनी के गले लग गया। मंदाकिनी ने उसके बाएँ कान में कहा, "पहले ही बता देता, दिल का मामला है। जा अब।" वह कीरत की ओर बढ़ा। उसने सुना, कीरत उस लड़के से पूछ रही है, "सो, हाउ'ज़ लाइफ़?"

"जैसी तुम छोड़कर गई थी। यू ईवन डिन्ट बोदर टू सी मी इन दीज़ ईयर्स?"

चंदन ने उस लड़के को बोलते हुए सुना। वह कुछ असमंजस में पड़ा। कुछ सोच पाता उससे पहले दृश्य बदल गया। उसने देखा कि एक लड़की सामने से चली आ रही है। उसे लगा जैसे

वह उसी की ओर आ रही है। वह हक्का-बक्का सा खड़ा रह गया। वह लड़की कीरत और उस लड़के के पास आकर रुक गई। उसने कहा, "हे... अमेय... कीरत... माय डार्लिंग! फ़ाइनली गाइज़! हैपी टू सी बोथ ऑफ़ यू टुगेदर!" उसकी आवाज़ में गर्मजोशी थी।

अमेय ने कहा, "हे मारिसा! हाउ आर यू? लॉन्ग टाइम।" मारिसा आईआईएम बैंगलोर से निकली थी।

कीरत मारिसा को देखकर मुस्कुराई। दोनों गले लगीं। लेकिन इंच भर की दूरी से। कीरत ने चेहरे पर हँसी ओढ़ ली। कहा, "हाउ आर यू डूइंग बेब्स? आजकल कहाँ?"

"आय एम हिअर ऑनली। आय हैव स्टार्टेड ए स्टार्ट-अप एंड डूइंग क्वाइट वेल", मारिसा ने बताया।

"एंड वेयर आर यू हैंडसम?" मारिसा ने अमेय से पूछा। "तुम यहीं हो। मैं वहीं हूँ।" अमेय ने हँसकर कहा। फिर मारिसा की ग़लतफ़हमी को ठीक करने के इरादे से कीरत की ओर इशारा करते हुए बताया, "बाय द वे मारिसा, वी जस्ट मेट।"

"वॉट? कहाँ थे तुम दोनों, जो अभी मिले?" मारिसा ने चौंककर कहा।

"नो, वी वर नॉट टुगेदर।" कीरत ने मारिसा से कहा।

"एक्चुली वी आर नॉट टुगेदर।" अमेय ने कीरत को भी ठीक किया। कीरत को झटका लगा। उसने सोचा था, साथ नहीं होना भूत था। वे दोनों साथ-साथ खड़े हैं, ये वर्तमान है। वर्तमान का साथ भविष्य में

भी जारी रह सकता है। लेकिन इतनी आसानी से कहाँ मिल पाता है, एक बार का छूटा साथ।

लेकिन इन तीनों के पास खड़ा चंदन यह छोटा-सा संवाद सुनकर पसोपेश में पड़ गया। उसे लगा जैसे यह बात उसे नहीं सुननी चाहिए थी। उसने अपने भीतर जैसे किसी पेड़ से पत्ते को टूटकर गिरते हुए महसूस किया। उसने चाहा कि कुछ देर के लिए वहाँ से निकल जाए।

मंदाकिनी ने उन तीनों के ठीक पीछे रुक गए चंदन से पूछा, "क्या हुआ चंदन?" यह नाम कीरत के कानों में पड़ा। उसने पलटकर देखा। चंदन मंदाकिनी की ओर मुँह किए खड़ा हुआ था। कीरत का दिल धौंकनी देने लगा। उसने अमेय और मारिसा से कहा, "एक्सक्यूज़ मी।" और उनके बीच से हटकर चंदन की ओर बढ़ी। उसने पीछे से चंदन के कंधे पर हाथ रखा। चंदन को लगा जैसे कीरत ने टूटकर गिरते उस पत्ते को थाम लिया है। उसने पलटकर देखा। दोनों की नज़रें मिलीं। कीरत ने कहा, "हाइ। तुम यहाँ?" चंदन ने जवाब में हाथ मिलाते हुए कहा, "हाइ! "अरे तुम! मेरा मतलब है तुम कैसे! कैसी हो?" चंदन ने ऐसे अनजान बनते हुए कहा, जैसे उसने अभी तक उसे नहीं देखा था। कीरत ने पूरा वाक्य बनाते एक अक्षर में जवाब दिया, "ह्ˏˑ...।" इसमें शामिल व्यञ्जन, स्वर और अनुनासिक चंदन को टूटते-से मालूम हुए। ये टूटकर बिखरते इससे पहले उसने उन्हें समेटते हुए "हाँ" सुना और उसकी आँखों में देखा। चंदन ने देखा, वही मुस्कुराहट। फूलों-सी कुदरती। वही आँखें। पुतलियों में सागर को समेटे। दोनों भौंहों के बीच दमकती वही छोटी-सी बिंदिया। काली। वैसे ही बाल। घुंघरुओं-से। पलक झपकने भर के लम्हे में चंदन ने कीरत

को निहारा। फिर मंदाकिनी से परिचय कराया। और पूछा, "तुमने बताया नहीं कि तुम बैंगलोर आ रही हो?"

कीरत ने कहा, "हाँ, सोचा था यहाँ आकर सरप्राइज़ दूँगी। पर तुमने तो मुझे ही सरप्राइज़ कर दिया।" कीरत ने मंदाकिनी पर नज़र टिकाकर कहा। मंदाकिनी ने एक नज़र दूसरी ओर देखा और "एक्सक्यूज़ मी! आय विल जस्ट कम", कहकर उन दोनों के बीच से निकल गई। कीरत ने उसे जाते हुए पलटकर देखा तो उसे मारिसा और अमेय नहीं दिखे। मंदाकिनी गई तो चंदन ने कहा, "क्या बात है कीरत? बात क्यों नहीं कर रही हो? तुम मेरे शहर में हो और मुझे ख़बर तक नहीं। एक मैसेज ही कर दिया होता यार। क्या हुआ है आख़िर? नाराज़ हो किसी बात को लेकर? कोई ग़लती हुई है मुझसे?" चंदन ने अपनी बेचैनी को ज़ाहिर करना चाहा। कीरत ने कुछ नहीं कहा। चंदन को उसकी आँखों में पहली बार ऐसी बेचैनी दिख रही थी। होती भी क्यों न! अमेय सात साल बाद दोबारा उसके सामने था। "लेकिन चंदन यहाँ। और ये दोनों कहाँ चले गए। मारिसा-अमेय।" कीरत एक बार फिर उन दोनों के बारे में सोचने लगी। चंदन ने पूछा, "कहाँ गुम हो कीरत? वो दोनों कौन थे? तुमने मिलवाया भी नहीं?"

"अरे! ये मेरे दोस्त हैं। वो ब्लू शर्ट में जो था, वो अमेय है। हम इंदौर में साथ थे। वो मेरा सीनियर था। और वो लड़की मेरी पुरानी कंपनी में कलीग थी। उन्हें छोड़ो। तुम यहाँ कैसे? एकदम अनएक्सपेक्टेड।" कीरत ने कहा और उसकी निगाहें मारिसा और अमेय को ढूँढ़ने लगीं।

चंदन ने चाहा कि वह अपने दिल की पुड़िया खोल दे। उसने कहा, "तुम्हें याद है, अभी कुछ दिन पहले जब मैंने तुम्हें तुम्हारे लैंडलाइन पर कॉल किया था?

"हाँ। सॉरी यार मैं कॉल बैक नहीं कर पाई। टू बिज़ी, यू नो!" कीरत ने जैसे सफ़ाई पेश की।

"अरे! मैं तो इसी में ख़ुश हो गया था कि तुमने मेरी आवाज़ तुरन्त पहचान ली थी। तुम्हारे मुँह से निकला था, "ओह तुम हो…।" मैंने कहा था, "हाँ मैं"। और तुमने कहा था, "बोलो ना…"।

यह सुनकर कीरत मुस्कुरा दी। इस मुस्कुराहट ने चंदन का दिल थोड़ा और खोल दिया। वह कहता रहा, "मैंने देखा था तुम्हें बोलते हुए तब। मुस्कुराई थी तुम। जब तुमने कहा था "बोलो ना…"। फिर मेरी आवाज़ सुनकर बड़ी हो गई थी तुम्हारी मुस्कुराहट। होठ खुल गए थे ज़रा-से। जैसे मेरे कान के पास अपने होठ लाकर कहा था तुमने, "बोलो…" और मैंने सुना था तुम्हारे होठों से फूटती मुस्कुराहट में दबी अनुरक्ति को। लेकिन फ़ोन रख दिया था तुमने, ये कहकर कि करती हूँ। और मैं आज तक उस फ़ोन के इंतज़ार में रहा।"

कीरत को चंदन की यही गहराई तो भाती है। "हाँ याद है चंदन। मैं कुछ नहीं भूली हूँ।" कीरत ने कहा। फिर सोचने लगी "यही तो मेरी प्रॉब्लम है कि मैं कुछ नहीं भूल पाती हूँ। हे भगवान! ये कैसा इम्तिहान ले रहा है। अमेय तुम कहाँ चले गए?" यही सोचते हुए वह इधर-उधर देखने लगी। पर अमेय नहीं दिखा।

चंदन ने उसका ध्यान अपनी ओर खींचते हुए फिर कहा, "याद हैं तुम्हें वे दिन? स्माइलियों वाले! खिड़कियों का खुला रहना। लैपटॉप से तुम्हारा नज़रें हटाना। गर्दन को दाहिनी ओर झुकाना। हँसती आँखों से मुझे देख लेना। कभी फ़र्ज़ी वाला गुस्सा दिखाते हुए कह देना, "हो गया तुम्हारा…?" अचानक से कुछ लिख भेजना। कुछ अच्छा पढ़कर मुस्कुरा लेना। बिना सिर-पैर की बातें करते रहना।

बात-बात पर तुम्हारा "कुछ भी" कह देना। एक संगीत-सा बजता रहता था दिल में। कितने ख़ूबसूरत दिन थे वो कीरत! मैं सुनता रहा हूँ, उस संगीत को। आज तक।"

चंदन आज सब कुछ कह देना चाहता था। पर कीरत आज कुछ और सुनना चाहती थी। शायद अपने मन की। मगर चंदन कहे जा रहा था...।

नई शुरुआत

चंदन कहता रहा। कीरत सुनती रही। वह जैसे-जैसे कहता जा रहा था, कीरत वैसे-वैसे एक द्वंद्व में धँसती जा रही थी। वह कहना चाहती थी। बहुत कुछ। चंदन कहता चला जा रहा था बहुत कुछ। उसने उसे बीच में रोकना ठीक नहीं समझा। लेकिन मन ही मन अपने आप से कहती रही। कहती रही, "कैसे कहूँ चंदन तुमसे कि जब-जब तुम मेरे क़रीब आए, मुझे अमेय और दूर जाता हुआ-सा लगा।" फिलहाल, कीरत से कुछ कहते बन नहीं रहा था। और चंदन जैसे आज सब कुछ कह देना चाहता था। जैसे आज के बाद दूसरा कोई दिन आएगा ही नहीं। कीरत सुनती रही। वह बोलता रहा। बोला, "कभी-कभी लगता है कि तुम ठीक कहती थी- आउट ऑफ़ साइट, आउट ऑफ़ माइंड।

"अरे वो तो मैंने मज़ाक में कहा था।" कीरत ने चंदन को बीच में रोककर तपाक से कहा। वह नहीं चाहती थी कि चंदन उसे और भला-बुरा सुनाता रहे। उसने कह तो दिया कि उसने तब यह मज़ाक में कहा था। लेकिन आज उसे ये कहावत झूठी-सी लगी। अपना ही मज़ाक अपने पर भारी-सा लगने लगा। वह सोचने लगी, "अमेय तो सात साल तक आउट ऑफ़ साइट रहा। फिर भी माइंड से नहीं गया। लेकिन ये दोनों आख़िर चले कहाँ गए और अमेय इतने साल बाद मिलने पर भी ऐसे ग़ायब हो गया?" चंदन से बातें करते हुए बार-बार अमेय और मारिसा को ढूँढ़ती उसकी नज़रों को अबकी बार क़ामयाबी मिल गई। कीरत ने उन्हें देखा तो भूल

गई कि चंदन से क्या कह रही थी। चंदन को इस वक़्त सिर्फ़ और सिर्फ़ कीरत दिखाई दे रही थी। वह यह भी नहीं देख पा रहा था कि कीरत का ध्यान बार-बार कहीं और भटक रहा है। चंदन उसे सुनना चाहता था। जानना चाहता था कि आखिर वो कौनसी वजह थी, जिसने उन दोनों के बीच इतनी दूरी पैदा कर दी है। लेकिन कीरत का ध्यान अमेय और मारिसा पर से हटने का नाम नहीं ले रहा था। वह भूल गई कि चंदन से कुछ कह रही थी। कीरत को ख़ामोश देख चंदन ने अपनी बात कहना जारी रखा, "लेकिन एक बार में ही मेरी आवाज़ पहचान लेना तो मज़ाक नहीं था ना कीरत! तुम्हारी आवाज़ में मेरे तईं उस दिन भी वही अनुरक्ति थी। वो तो मज़ाक नहीं था ना। कीरत! मैं नहीं जानता कि प्रेम में होना क्या होता है। मैं नहीं जानता कि प्रेम में मनुष्य मुस्कुराता रहता है क्या। पता नहीं, किसी एक ख़याल में रहता है क्या। पता नहीं किसी की आवाज़ सुन लेने मात्र से उसका चेहरा भी देख लेता है क्या। पता नहीं, प्रेम है, तो प्रेम को जताना भी पड़ता है क्या। पता नहीं, प्रेम है तो उसे छिपाए रखना होता है क्या। पता नहीं, प्रेम में सब कुछ कह दिया जाता है या कुछ भी नहीं कहा जाता है। मैंने तो नहीं किया प्रेम। केवल जिया उन लम्हों को कीरत, जिनमें तुम्हारा साथ रहा, जिनमें रहा तुम्हारे होने का एहसास, जिनमें कहा तुमने मुस्कुराकर, 'बोलो ना...' बोलो ना, तुम भी कुछ! कीरत।" चंदन के आख़िरी वाक्य के साथ जैसे वह उन दोनों के बीच से लौटकर चंदन के पास आ गई। लेकिन इस बीच चंदन ने क्या कुछ कहा, वह सुन नहीं पाई। वह तो यही सुनने की कोशिश में लगी थी कि मारिसा और अमेय क्या बातें कर रहे होंगे।

"मैं क्या बोलूँ चंदन। अभी मुझे यहाँ से जाना होगा। अपन कल मिलते हैं ना। मैं फ़ोन करूँगी तुम्हें पक्के से। आय हैव टू लीव राइट नाउ।" कहकर कीरत वापस जाने लगी कि मंदाकिनी

आ गई। मंदाकिनी ने उससे बात करना चाहा, लेकिन कीरत को लगा कि फिलहाल उसका यहाँ से जाना बहुत ज़रूरी है। उसने मंदाकिनी से कहा, "इफ़ यू डोन्ट माइंड, आय हैव टू मीट समवन अर्जेंटली। लेट अस कैच अप लेटर", और पलटकर देखा कि मारिसा अकेली खड़ी है। अमेय उसे दिखाई नहीं दिया। वह मारिसा की ओर बढ़ने लगी और मारिसा बाहर की ओर। कीरत उसके पीछे-पीछे चल दी। कुछ देर पहले तक दिल और हॉल में बजता संगीत अब पीछे छूट गया था। उसके क़रीब पहुँचकर कीरत ने पीछे से आवाज़ लगाई, "मारिसा!" मारिसा रुक गई। कीरत ने पूछा, "कहाँ जा रही हो?"

"ये तो मुझे तुमसे पूछना चाहिए कीरत। आय डिन्ट नो यू वुड बी सच ए फ़ूल फेलो। आय एम अमेज़्ड कीरत। इफ़ यू वुड हैव एनी प्रॉब्लम विद मी, यू कुड हैव टॉक्ड टू मी स्टूपिड। तुमने सारी बातें अपने दिल में रखीं और यू क्रिएटेड योर ऑन यूटोपिया एंड स्टार्टेड थिंकिंग वट यू वॉन्टेड टू थिंक।"

कीरत फिलहाल यह सब सुनने के मूड में नहीं थी। उसे मारिसा पर गुस्सा आया, लेकिन ख़ुद पर काबू पाकर उसने मारिसा को रोककर पूछा, "अमेय कहाँ है?"

"तुमने देर कर दी कीरत। ही हैज़ लेफ़्ट। ही हैज़ लेफ़्ट विदआउट सेइंग ए सिंगल वर्ड टू यू। इट वॉज़ योर चॉइस कीरत, नॉट टू बी विथ हिम। नाउ, आय थिंक इट इज़ हिज़ चॉइस नॉट टू बी विथ यू। एंड यू नो वट! आय एम हैपी फॉर माय फ्रेंड दैट ही हैज़ एस्केप्ड।" यह सुनकर कीरत टूट-सी गई। उसका सारा गुस्सा जाता रहा। वह कहने लगी, "नहीं मारिसा। तुम मुझे ग़लत समझ रही हो।" वह अपने पर्स से अमेय की पुरानी चिट्ठियाँ निकालकर उसे दिखाने लगी, "देखो! आज भी मैंने इन्हें सम्भालकर रखा है। सोचा था कि

आज मिलेगा तो बताऊँगी उसे कि कैसे बीते सात सालों में इन चिट्ठियों का सहारा रहा है मुझे।" लेकिन मारिसा पर इसका कोई असर नहीं हुआ। कीरत की बातें सुनकर वह ज़रा भी नहीं पिघली। कीरत को महसूस हुआ कि मारिसा से कुछ कहने का कोई मतलब नहीं है। उसे अमेय से मिलना है। लेकिन उसे अब भी यक़ीन नहीं हो रहा था कि अमेय उससे बात किए बिना यूँ चला जाएगा। वह उसे खोजने के लिए दोबारा हॉल की ओर दौड़ी। बदहवास। वह भीतर आई तो देखा, चंदन अब भी वैसे ही खड़ा हुआ था। दोनों की नज़रें मिलीं। कुछ पल के लिए दोनों ने एक-दूसरे को अपलक देखा। चंदन के दिल में फिर एक बार लट्टू-से जलने लगे। कीरत की आँखें सजल हो उठीं। उसने पलक झुकाई। अगले ही पल फिर से उठाई। चंदन को फिर एक बार नज़र भरकर देखा। चंदन ने देखा कि कीरत हाथों से कुछ काग़ज़ों को छूटकर बिखरने से रोकने की कोशिश में चली जा रही है। उसने उन काग़ज़ों में ख़ुद को बिखरते देखा। इससे बेख़बर कि कीरत ख़ुद को बिखरने से रोकने की कोशिश में चली जा रही है। वह कीरत को लगातार दूर होते देख रहा है। जो दूर हो रहा होता है, वह नज़दीक आ रहा होता है। कीरत से दूरी में नज़दीकी ज़्यादा थी, दूरी कम। जब दूरियों में ऐसी आध्यात्मिक नज़दीकियाँ बढ़ने लगें तो असल में नज़दीकियाँ कम होने लगती हैं। कीरत के कदम जैसे-जैसे दरवाज़े की ओर बढ़ते, इन दूरियों के बढ़ने का चंदन का एहसास भी बढ़ता जाता। कीरत ने बाहर पहुँचकर देखा, अमेय उसे जाता हुआ दिखाई दिया। बहुत दूर।

कीरत के फ़ोन की नोटिफ़िकेशन टोन बजी। चंदन ने लिखा था, "पलकों के उठने और झुकने भर के दरमियान अपने भीतर कितना कुछ घट चुका होता है।"

कीरत ने लिखा, "तुम पागल हो।" पर अबकी बार इसमें कोई स्माइली नहीं थी। फिर भी चंदन को यक़ीं था कि उसे पागल करार देते हुए वह एक बार मुस्कुराई ज़रूर होगी। लेकिन इस मुस्कुराहट को सम्प्रेषित न कर पाना बता रहा था कि सम्भवतः यह स्माइलियों का अन्त था। या फिर एक नई शुरुआत। क्योंकि हर अन्त के बाद एक नई शुरुआत आकार ले रही होती है। दोनों के मन में स्माइलियाँ बनीं- कोलन, कोष्ठक शुरू। दोनों ने इन स्मालियों को ज़ाहिर नहीं होने दिया।

चंदन अगली सुबह की फ़्लाइट पकड़कर मुंबई पहुँचा। अनिल देव साहब से मुलाक़ात हुई। अनिल देव से उसे अगले छह महीने तक लिखने के असाइनमेंट मिलते रहे। वह सब कुछ भुलाकर डूबकर लिखता रहा। दिन में नौकरी करता और रात में लिखता। मुंबई और बैंगलोर के चक्कर लगते रहे। फिर एक दिन अनिल देव ने कहा, "अब तुम मुंबई लौट आओ।" उसी दिन चंदन ने रिलेशनशिप मैनेजरी की अपनी नौकरी से इस्तीफ़ा लिखा। मंदाकिनी को फ़ोन किया और कहा, "सुन हसनपरी! इस्तीफ़ा लिख दिया है। लव यू डार्लिंग।" मंदाकिनी उसे एयरपोर्ट तक छोड़ने आई और कहा, "नई शुरुआत करने जा रहा है। मन का काम है तेरे। किसी दिन तेरा इंटरव्यू करूँगी। टाइम्स के लिए। चल ख़याल रखियो अपना।"

चंदन बैंगलोर से दोबारा मुंबई शिफ़्ट हो गया था। लेकिन अब कीरत का साथ नहीं था। एक शाम थी। उदास। और वह मरीन ड्राइव पर धीरे-धीरे टहलते हुए चर्चगेट की ओर बढ़ रहा था। चर्चगेट स्टेशन से उसे 7:36 की स्लो पकड़नी थी।

•••